RACÉE

Rachel Khan

RACÉE

Alpha ▪ Essai

ISBN 978-2-3838-8043-1
Dépôt légal – 1re édition, Éditions de l'Observatoire : 2021, mars
1re édition, Alpha : 2022, mars

170 bis, boulevard du Montparnasse, 75014 Paris

À l'ombre,
à cause du dérèglement climatique.

« Je suis raciste parce que toute votre putain d'espèce humaine me sort depuis longtemps par le derrière, que vous soyez jaunes, verts, bleus, ou chocolat. »

Romain Gary, *Chien blanc*

SOMMAIRE

PRÉFACE

Discours d'Éric Dupond-Moretti, garde des Sceaux, ministre de la Justice, à l'occasion de la remise du prix littéraire des Droits de l'homme à Mme Rachel Khan.

Monsieur le Premier ministre, monsieur le député, cher Florian, monsieur le président de l'association des Nouveaux Droits de l'homme, mesdames, messieurs les membres du jury, mesdames, messieurs,

C'est un grand plaisir de vous recevoir ce soir à la Chancellerie pour vous remettre, chère Rachel Khan, ce prix littéraire des Nouveaux Droits de l'homme qui célèbre chaque année l'auteur d'un ouvrage consacré aux droits de l'homme traditionnels ou aux droits nouveaux.

Cette année, c'est pour votre livre *Racée* que vous êtes récompensée. Un livre qui, je dois dire, fait du bien, à une époque où les discours sur l'identité et même sur la coexistence de plusieurs identités font l'objet de propos plus outranciers les uns que les autres.

Cet ouvrage est d'abord un ouvrage sur les mots. Vous nous entraînez dans un monde où les mots retrouvent leur sens, et je devrais même dire leur bon sens. Avec vous, point de mots creux ou d'expressions galvaudées. Vous nous rappelez cette évidence que notre époque semble avoir oubliée : les mots ont une signification.

Bien évidemment, il m'est difficile de ne pas citer cette phrase d'Albert Camus, que vous reprenez d'ailleurs dans votre livre, qui résume si bien l'enjeu du vocabulaire : « Mal nommer les choses, c'est ajouter au malheur du monde. » Et je pense comme vous que notre société se perd à mal nommer les choses, à utiliser et user de mots comme s'ils étaient des coquilles vides, des formules incantatoires donnant autorité à ceux qui les prononcent.

Vous racontez combien vous avez en horreur les discours politiques quand ils sont convenus et fourmillent de mots utilisés à mauvais escient ou de mots « fourre-tout », comme vous les appelez, pour se donner bonne conscience. Je voudrais à cet égard vous raconter une anecdote. Quand je suis arrivé à la Chancellerie en tant que ministre, dans l'une des premières notes que l'on m'a fait passer, il m'était conseillé de « favoriser la mobilisation transversale des énergies ». Je peux vous dire que ce jour-là, j'ai bien compris que j'étais devenu ministre ! Dans la foulée, un autre exemple : pour parler d'un fainéant, voilà ce qu'écrit l'administration : « Il procède à une réduction progressive de son implication par une série de microajustements à la baisse et le tout dans la plus grande confidentialité. »

Votre essai, quant à lui, est à rebours de ce flux d'informations que l'on consomme sans réfléchir *via* les médias télévisuels ou les réseaux sociaux. Vous, vous prônez le silence, la réflexion, l'intimité, l'utilisation parcimonieuse des mots. Ce sont ces valeurs et cette philosophie qui conduisent à affirmer votre thèse que je souhaiterais résumer ainsi, sans j'espère la dénaturer : nous ne pouvons pas essentialiser un être, nous ne pouvons pas le réduire à une part de lui-même, nous ne pouvons pas l'enfermer dans une identité singulière.

Or actuellement, la réduction de notre vocabulaire et sa mauvaise utilisation ont pour corollaire une négation de la pluralité des personnalités. Par facilité d'abord, mais aussi pour se rassurer, car c'est toujours plus rassurant de mettre les personnes dans des cases d'où elles ne doivent pas sortir. Souvent, par instrumentalisation également. Car derrière ces mots qui séparent ou ces mots « fourre-tout », il y a en réalité une volonté politique d'imposer une certaine forme de modèle social où la communauté nationale n'existe plus, où l'on est avant tout de telle ou telle origine, de telle ou telle confession, de telle ou telle couleur de peau avant d'être Français.

Vos détracteurs vous considèrent comme un traître à la cause, leur cause, celle de la défense des

« minorités », qui ne seraient pas assez « représentées » dans la société, qui seraient méprisées. Mais derrière un idéal louable de lutte contre les discriminations se cache parfois de la ségrégation. Car ce sont souvent eux qui, au contraire, séparent dans des réunions non mixtes, essentialisent en réduisant les personnes à un sexe, une couleur de peau ou une origine, et pire parfois, moralisent les individus quand ils ne se sentent pas concernés par ces combats. C'est une volonté séparatiste qu'en tant que responsable politique je veux combattre de toutes mes forces.

Mais vous allez encore plus loin. Avec votre ouvrage vous dépassez le traditionnel débat du « vivre ensemble », « ce placebo générique d'une pensée qui ne panse rien » pour reprendre votre jolie formule. Il y a une deuxième idée qui sous-tend votre essai et qui me plaît infiniment : vous assumez la diversité.

Pas la diversité au sens où on l'entend actuellement, ce poncif qui permet encore trop souvent de diviser les Français en plusieurs catégories et de les enfermer dans des cases.

Non, vous, vous assumez la diversité intérieure des êtres, la multitude de leurs identités, de leurs signatures. Et qui mieux qu'une Française, gambienne, juive aux origines chrétiennes, musulmanes et animistes, de mère blanche et de père noir pour écrire un tel plaidoyer pour la diversité.

Et qui mieux qu'un garde des Sceaux de père français et de mère italienne, dont le patronyme illustre cette double culture, qui aime plus que tout les chicons braisés mais qui traverse la frontière pour le plaisir de savourer un « caffè » après s'être délecté d'un « piatto di spagetti », le tout bien sûr commandé dans la langue de sa mère, pour comprendre et soutenir ce plaidoyer.

Votre livre s'intitule *Racée*, en hommage à toutes ces couleurs qui bariolent votre identité. Mais il pourrait s'appeler *Éloge de la nuance*. De la nuance dans les mots qu'on utilise, de la nuance au sein des êtres eux-mêmes. Nous sommes tous le fruit de notre histoire, des « additionnés » pour reprendre le terme de Romain Gary, une somme de détails. Je pense également à Paul Valéry qui considérait que l'essentiel d'un être ou d'une chose se trouvait dans « la liaison de l'ensemble avec les détails ».

À cet égard, vous reprenez à votre compte le concept de « créolisation » en lui donnant un sens particulier qui vous permet de célébrer les origines diverses, les influences multiples qui font toute l'authenticité d'un individu. Il vous permet aussi de célébrer le vrai « vivre ensemble », pas l'expression galvaudée qui permet de donner bonne conscience à un certain nombre d'hommes et de femmes politiques de tous bords, mais cette relation qui change un être et qui permet de le transformer en quelqu'un d'autre, de le faire changer de case en somme, de trouver la sienne propre.

Chère Madame,

L'association des Nouveaux Droits de l'homme qui vous remet ce prix propose d'adapter la Déclaration des droits de l'homme et du citoyen de 1789 à notre époque et aux changements à la fois matériels et intellectuels que nous avons connus depuis la fin du XVIIIe siècle en reconnaissant de nouveaux droits.

Ça n'est donc pas un hasard si vous êtes aujourd'hui la lauréate du prix littéraire de cette association. Vous défendez en effet avec votre livre, intimement, un nouveau droit de l'homme : le droit de chacun à être ce qu'il est vraiment.

Je vous arrête tout de suite : après avoir lu votre ouvrage, je me dis que cette phrase que je viens de prononcer est une phrase creuse, fourre-tout. Mais à la réflexion je ne le crois pas. En réalité, il faut me prendre au mot.

Votre ouvrage prône le droit de chacun d'assumer sa multitude d'identités, fruit de son histoire familiale, personnelle, culturelle, fruit de ses rencontres et des relations que chacun entretient avec autrui, sans que personne ne vienne nous assigner une identité comme on colle une étiquette sur un pot.

Dans un pays qui se laisse souvent aller à la division, à une époque où les discours d'exclusion et de séparation font florès, où l'on veut opposer les Français les uns aux autres, je crois que les idées que vous défendez sont une des clés du rassemblement.

En « désessentialisant » les êtres, en ne les considérant pas comme uniques mais multiples, vous nous rappelez ce qu'est vraiment la République française : un régime politique qui considère comme des citoyens français ceux qui ont décidé d'appartenir à une même nation en partageant un socle de valeurs communes, peu importe d'où ils viennent, à quoi ils ressemblent ou qui ils prient.

Vous nous rappelez ainsi qu'être citoyen français c'est ne pas savoir exactement qui est l'autre, parfois même ne pas savoir qui l'on est soi-même, c'est continuer à le découvrir et à se découvrir, mais c'est décider quand même de cheminer ensemble et d'être ainsi liés par des principes et des valeurs qui nous dépassent.

INTRODUCTION

AU NOM DE TOUS NOS MOTS

Ô Races, ô des espoirs !

Je suis racée.

Voilà tout.

Non pas, comme le définit *Le Petit Robert*, parce que j'aurais des qualités propres à mon pedigree ou que mon élégance naturelle m'offrirait, de fait, un port de tête altier. Non. Je suis racée parce que je porte en moi plusieurs racines que certains prennent pour des races. Telle un Arlequin coloré ou une barbe à papa sucrée, c'est par un excès de races que je suis racée.

Femme européenne et africaine à la fois, binationale, française et gambienne, juive aux origines chrétiennes et musulmanes, animiste avant l'islamisation de l'Afrique de l'Ouest, blanche et noire, je veux aujourd'hui annoncer la couleur : je suis bien dans ma peau. Heureusement d'ailleurs, car si j'étais raciste avec toutes ces « races » à l'intérieur, ce serait inévitablement la haine de soi.

Comme le dit Romain Gary, « on est tous des additionnés[1] ». C'est cette phrase qui, en écho profond avec mes interrogations d'adolescente, m'a ouverte à l'ensemble de l'œuvre de l'auteur comme à moi-même[2]. Dans *Gros-Câlin*, *La Vie devant soi*, *La Promesse de l'aube*, *Les Racines du ciel*, *Chien blanc*, mais aussi *Pseudo* et *La Danse de Gengis Cohn*, j'ai retrouvé à la fois l'amour de la France et de l'Afrique, la sombre histoire européenne et le « rêve » américain. Romain Gary a su apporter une lumière singulière et essentielle à ma construction. C'est en faisant toujours un pas de côté avec autodérision sur des sujets dits sensibles, en pointant nos errances, nos incohérences, nos injustices subies ou initiées pour recréer de manière obsessionnelle un lien entre nous, en questionnant sans cesse la notion d'identité comme une liberté plutôt qu'un enfermement, qu'il a offert une dimension majeure à la littérature autant qu'à la pensée. Alors, à l'heure où les crispations identitaires s'intensifient, où les oppositions entre les genres se renforcent, il m'est absolument nécessaire d'en revenir à lui, comme à une première appartenance.

Nous sommes des additions, des équations à plusieurs inconnues, issues de différentes souches, dont le mélange est nécessaire à la procréation. Je suis née noire et juive, c'est ainsi, or en France cette addition-là est une contradiction.

Reflet de la mutation internationale, mes cellules mélangées semblent pourtant malvenues. C'est tout le sujet des racés, qu'ils soient hommes ou femmes. Je me rends bien compte, en effet, que ce monde entier, qui peut se retrouver en nous, en moi, est en réalité très mal aimé. En conséquence, pour faire taire toute forme de complexité, ou de conjugaison potentielle des « contraires », on préfère me ranger dans la case de la « diversité ».

Me voici casée, comme l'oncle Tom ! Racée, mais casée. Pourtant, afro-yiddish, je ne suis pas de la diversité, j'ai la diversité en moi, nuance.

Et puis, ce mélange, je vous assure que l'on peut vivre avec ! On doit même le faire vivre, en lui donnant corps. Danseuse et athlète, rappeuse et juriste, conseillère politique et comédienne, codirectrice d'un lieu culturel mais hip-hop – cette dernière contradiction n'en est pas une, ou plutôt n'en est une qu'aux yeux d'un public étroit. Sur un chemin éperdument inconnu, fait d'attirance de contraires, j'ai fait de mon addition une addiction.

Le passe-temps préféré du mutant est de faire l'expérience du grand écart, dans la continuité de ses racines éparses. Il s'adapte à toutes les disciplines, à tous les milieux, même les plus hostiles. Peut-être s'agit-il d'un mode de survie inconscient ? Une plasticité vitale ? Une résistance par la métamorphose ? Comme le caméléon, le mutant trouve sa singularité dans la non-appartenance. Savoir rebondir, changer sans disparaître, écouter sans perdre sa voix, créer le chemin en marchant… Par ses mutations, c'est le monde lui-même que le mutant déplace.

Mes racines sont des héritières et des sources : tournées vers l'avenir, elles sont nées des traumas d'une histoire faite de pertes et d'humiliations, comme si les pires atrocités de l'humanité, qui n'ont de secret pour personne (Shoah, esclavage et domination coloniale), battaient en permanence dans mes artères. Avec un tel pedigree, vous n'avez pas d'autre issue que de célébrer l'existence. Loin de l'essentialisme mortifère, un ADN disparate est une génétique en mouvement.

C'est ainsi qu'à 20 ans, comme Romain Gary, « je me découvrais planétaire, d'une responsabilité illimitée[3] » à l'échelle mondiale, me plongeant dans le droit international, et pas n'importe lequel, s'il vous plaît : les droits fondamentaux. Encore aujourd'hui, penser la liberté, la justice, la réparation des victimes, la fraternité et les moyens de les mettre en œuvre sont mes seuls soucis dans un monde amnésique.

L'égalité à tout prix ?

En 2018, avec le livre *Noire n'est pas mon métier*, écrit par seize comédiennes, nous voulions dire que le cinéma ne pouvait plus continuer à se replier sur une fausse image de la France ni charrier des clichés dangereux qui enferment les Noires dans des rôles de gazelles, de nounous ou de putes sans papiers. Nous voulions dire que les artistes françaises noires ne pouvaient être écartées de la création, qu'elles embrassaient l'art de leur talent pour en faire un levier d'une puissance inédite contre toute forme de repli. Dans un contexte identitaire chaque jour plus tendu, il devenait urgent d'offrir à nos écrans les visages qu'ils méritent. Les temps ont changé, autant en emporte le temps…

Ce livre était donc nécessaire, pour rappeler, presque à la manière d'Annie Girardot, que si nous ne manquions pas forcement au cinéma, le cinéma nous manquait « follement, éperdument, douloureusement ».

Le 25 janvier 2018, jour de mon anniversaire, consciente de n'avoir pas entièrement accès au métier d'actrice à cause de mon fond de teint, j'écrivais ces quelques mots : « Noire n'est pas un métier, Noire n'est pas un rôle non plus. » Devenir actrice, c'est faire avec la persévérance, le courage, l'amour pour la transmission d'une histoire à l'autre, c'est livrer des émotions universelles et enfouies, enfin, c'est un besoin de perfection soumis à une image offerte à tous.

Or, quand on est noire ou métisse, ce métier prend inévitablement un tour historique, politique et social. Comment imaginer que, si les femmes noires, dans les films, ont des rôles de Noires, il en va autrement dans la « vraie » vie ? Certaines rentières du racisme usent de cette situation pour en faire leur fonds de commerce sur les plateaux de télé, qui parlent en *qualité* de Noires, de sujets dédiés aux Noirs. Comme si être noire était une vertu en soi. Nous reviendrons sur cet identitarisme flatteur.

J'étais heureuse de cet ouvrage collectif qui, sans victimisation ni leçon donnée, dévoilait le côté sombre des salles obscures pour mettre en lumière un malaise.

Têtes hautes, nous avons monté à seize les marches de Cannes, afin de rappeler que nous faisions partie du métier du cinéma, de cette profession si singulière faite d'exigences et de passions, de travail sans relâche, de recherches uniques et d'un refus des compromis. Ce fut un triomphe. Le rouge et le noir étaient faits pour s'entendre.

Il était temps de le dire, en textes, en images et en Balmain, il était temps de sublimer ces cinquante nuances de noir, de rompre avec des cloisons mentales, qu'enfin le cinéma cesse d'être en blanc et blanc. Je crois en cette urgence. « *Emancipate yourself from mental slavery* », recommande Bob Marley[4], dans un message dont je veux penser qu'il s'adresse en réalité au monde entier, et pas seulement aux gens qui lui ressemblent.

Nous avons *buzzé*, nous avons fait un bruit d'abeille, et nos « signes cliniques d'appartenance » nous ont mis « en proie à une visibilité inouïe[5] ». Puis il a fallu redescendre les marches. Un collectif nommé DiasporAct, en référence à la diaspora, s'est constitué pour poursuivre « le combat », en route vers une société post-raciale. Plongée dans cette action pour la justice, l'égalité et la liberté, que nous affirmions sur les réseaux et autres médias, je croyais que je pouvais me sentir vraiment moi-même avec mes consœurs et apporter à cette association de femmes des réflexions personnelles, certes parfois décalées parce que racées, mais utiles. Or, étrangement, nous n'avons plus parlé de notre métier, de nos castings, des scénarios ou de la création.

Progressivement, on m'a fait sentir que j'étais à côté de la plaque, peut-être à cause d'un humour déplacé. Moi, je n'ai pas osé leur dire que la déportation de l'humour, c'était à cause des origines ashkénazes. Mais ici, pas de rigolade. Il fallait être, là encore et une nouvelle fois, sur les rails, dire certains mots, parler au nom du collectif et, surtout, ne jamais prendre position contre un homme noir ou une femme noire au risque de fragiliser « la cause ».

Alors, j'ai compris que « ce n'était pas moi qui les intéressais mais ma couleur[6] ». Plus les mois passaient, plus les malentendus étaient mis en œuvre par des malentendantes, réfractaires au dialogue, sans écoute, au nom du fameux collectif. Moi, j'aurais aimé leur dire que « je suis aussi un ouvrage collectif avec plusieurs générations qui m'ont donné un coup de main[7] », venu de plein de continents différents, et que je veux, moi aussi, me « réapproprier mon récit », qui est pluriel. Mais elles auraient pensé que je me moquais d'elles. *Big Sister is watching you !* C'est susceptible, les Noires, je le sais, à cause de mon père. Sur Twitter, il fallait que je la ferme face aux indigènes et autres racistes s'autoproclamant « racisés » pour être intouchables.

Dans un univers qui compense l'égoïsme par la bonne conscience, le premier est nettement moins totalitaire que la seconde. Dès que je m'exprimais, j'étais coupable de pactiser avec l'ennemi, de fragiliser une égalité en construction. Une chose est de réclamer la liberté, c'en est une tout autre que de se conduire en femme libre. Donc au nom de la visibilité des minorités, je devais paradoxalement m'effacer. « Racée » contre « racisée », je n'avais pas ma place dans ce monde qui me voulait tant de bien.

Il y a donc eu un énorme quiproquo. Je n'aime pas les mots (ni les tribus) homogènes. Et ce que mes copines ne pouvaient pas savoir au premier regard, c'est que très logiquement mon « *safe space*[8] » est une zone de mélange, pas une zone d'exclusion[9].

J'avais envie de leur dire qu'il est important de respecter le droit des minorités, ou qu'il est contradictoire de les défendre tout en les abolissant au sein de notre groupe, mais je n'en ai pas eu le temps. D'ailleurs, j'aurais fait chou blanc. Romain Gary (Émile Ajar) précise : « Si vous ne simulez pas, vous êtes déclaré asocial, inadapté ou perturbé[10]. » Pour une fois, je n'ai pas écouté Gary. J'ai eu tort.

Ce moment de tension m'a plongée dans l'enfance. Je pensais à Yoram Bar-David, ce vieux professeur d'allemand qui, tous les vendredis, m'emmenait à la *schule*[11]. Je me souviens qu'il travaillait sur le lien entre Kafka et Camara Laye[12]. C'était une véritable énigme du haut de mes 8 ans. C'est maintenant, quelques années après sa mort, que je comprends l'enjeu de ses recherches. Dans la dialectique entre ses deux auteurs de prédilection, ce que Yoram cherchait, obsessionnellement, était de savoir si le chemin pour la réalisation de soi se trouvait dans l'appartenance ou dans la séparation.

De cette expérience militante avec *Noire n'est pas mon métier* ne reste qu'une seule question[13] : solidarité ou solitude ?

La part du ghetto

Le contexte dans lequel nous sommes, fait de *buzz*, d'impostures identitaires, où règnent médiatiquement des lutteurs sans métier, infatue l'égo.

Pour se donner la plus grosse part du gâteau victimaire, banlieue à l'appui, ils nous veulent concentrés dans l'enclos qu'ils ont installé pour nous. Ici, l'existence prime sur la coexistence. Et la pertinence repose uniquement sur l'audience. Ils courent, comme des dératés, les plateaux de télé dans le seul but de parler des sujets identitaires et de répandre des mots détestables, des faux coups d'éclat, qui masquent l'envie d'en découdre et l'absence de travail.

Comment répondre à Rokhaya Diallo quand elle explique doctement que les jeunes Noirs ne peuvent s'identifier à personne puisqu'il n'y a pas assez de

Noirs à la télé ? Comment consentir à un tel affront ? Aucun de mes parents n'a la même couleur que moi, puisque l'une est très blanche et l'autre très noir. Or, c'est précisément parce que je m'identifie à eux, forts de leur dissemblance, tournés de concert vers l'avenir, que chaque jour, comme dirait Socrate, je *diffère de moi-même*. Comment se taire quand une pyromane simplifie le monde et lave le cerveau d'une jeunesse racée, en attente d'une parole enfin responsable ?

Qu'y puis-je ? Je ne mange pas de ce pain blanc. L'homogène me dérange. Et le caquètement vindicatif me donne la chair de poule. L'ambition première, sous prétexte de justice et d'égalité, est le clivage à tout prix, à des fins de clash et d'audience, relayé par Twitter, prospérant sur la discorde. Décidemment, la connerie ne connaît pas de quotas.

En réalité, dans l'instantanéité des réseaux, le *buzz* n'est que l'impatience des fainéants qui paradoxalement tirent profit des drames du temps mémoriel.

Liberté, liberté chérie où le droit de ne pas être d'accord est banni, le dialogue impossible, au risque d'être considéré comme un harceleur, un réac, une Négresse de maison ou, mieux, un Bounty, noir dehors, blanc dedans.

« Certains sont coupables pour ce qu'ils sont et d'autres innocents quoi qu'ils fassent », explique très justement le rabbin Delphine Horvilleur[14]. Ainsi, lorsqu'un homme blanc souligne la nécessaire mixité des réunions lors d'une université d'été du féminisme, c'est un psychodrame. Or, lorsque je tiens le jour d'après, sur la même scène, les mêmes propos, c'est l'ovation. Non pour ce que j'ai *dit*, mais pour ce que j'ai *montré* : une femme noire en surface et, sur scène, une « racisée », donc une innocente et une victime que les drames dont sa peau témoigne dispensent d'être responsable de ce qu'elle raconte.

L'apparition de ces nouveaux mots empêche profondément d'avancer car ils excusent de tout. Lorsque la secrétaire d'État chargée de l'Égalité entre les femmes et les hommes, Marlène Schiappa, combat le harcèlement de rue, l'association féministe Lallab[15] expose huit raisons[16] de s'opposer à sa pénalisation pour les hommes « racisés » dans le prolongement de cette impunité raciale.

Qu'y puis-je ? J'ai les autres dans la peau.

Entre les maux d'un climat déréglé et les mots d'un climat délétère

Nous nous trouvons dans cette situation où le rétrécissement du monde, au lieu d'animer l'ouverture, réduit la pensée comme une peau de chagrin.

Nous avons aux côtés de nos Gif, de nos tweets en 280 caractères, de nos émojis, des mots qui font bloc et participent à un mode de communication banalisé et balisé d'une violence rare. L'appauvrissement du langage, le rétrécissement du champ lexical, la diminution du vocabulaire ont un impact sur la construction d'une pensée complexe, nuancée, aux multiples subtilités.

Plus le langage est pauvre, moins la pensée existe et plus les incompréhensions engendrent la haine. Des études ont montré que l'incapacité à mettre des mots sur les émotions provoque les pires tensions.

Les mots façonnent les esprits, qui eux-mêmes déterminent notre vision du monde, notre rapport à ce dernier et nos relations aux autres.

Ne pas tenir un langage clair, mal nommer un objet, c'est donc se condamner à « ajouter aux malheurs du monde[17] ».

Or, aujourd'hui, comme Gary l'écrivait en 1976, « j'ai parfois l'impression que l'on vit dans un film doublé et que tout le monde remue les lèvres mais ça ne correspond pas aux paroles. On est tous post-synchronisés et parfois c'est très bien fait, on croit que c'est naturel[18] ».

Nous baignons dans le sens unique des idées sans nuances, dans une pensée en sens interdit, dans le non-sens d'images toutes faites et des positionnements désorientés qui disent la perte de repères, malgré les GPS intégrés dans les smartphones au creux de nos mains.

Dans les mains de mon père, il y a des dictionnaires et des silences. Il collectionne ces gros livres dans lesquels on trouve toujours de vrais mots porteurs de dialogue et de sens. Les silences se sont posés sur sa ligne de vie pour contrebalancer les mots, mais aussi par délicatesse, pour offrir une place à la pudeur.

Une autre génération. Or, aujourd'hui, c'est à cause de mots bavards et troubles que nous nous taisons. La culpabilité qu'ils insufflent nous rend incapables de dire ce que nous pensons. Mal armés, mal aimés, nous avons mal aux mots.

Alors, comme beaucoup depuis longtemps, j'avale des mots sans rien dire, presque comme « un chien qui aimerait tout le monde, à croire qu'il manque de loyauté[19] ».

Par exemple, « racisé.e » ou « afro-descendant.e » me font froid dans le dos. Il a pourtant fallu que je les avale, ces termes, au point de devenir une « femme de couleuvre » à l'écriture faussement inclusive mais si excluante, mes cher.e.s ami.e.s, qu'elle n'a trouvé comme solution pour asseoir l'égalité entre les hommes et les femmes que le point final, empêchant la discussion. De plus, cette sorte d'écriture (un cauchemar pour les dyslexiques, noirs ou non) impose paradoxalement une lecture hachée, donc coupée de nos congénères mâles, et qui nous fait passer après « E », puisque la lettre qui nous caractérise se met toujours à la fin. De la même manière, nous voici, avec de nouveaux mots, soi-disant pertinents pour lutter contre les discriminations, alors qu'ils sont eux-mêmes discriminatoires. Concernant l'égalité raciale, il y a une importation massive de mots tout droit venus des États-Unis, à consommer sur place, à avaler et à répéter sans réfléchir, sans regarder ce qu'il y a dedans, par culpabilité ou faiblesse. Cette dernière étant « une force extraordinaire à laquelle il est très difficile de résister[20] ».

Pourtant, ces mots qui nous piègent, comme des faux amis, sont aujourd'hui l'un des vecteurs les plus puissants pour détruire notre langue, autant que nos fondamentaux, convoyant en sous-main, entre les lignes, la disparition de ce que nous sommes intimement, des racés, des multiples ; pire, face à eux, notre propre complexité nous complexe.

Dans le contexte du dérèglement climatique, de la disparition des espaces et des espèces, il existe une autre disparition, celle de l'expression des nuances linguistiques, de l'humour, des silences, de la pluralité des univers.

L'heure est à la violence de l'homogène, du McDo de la pensée, du KFC des idées, du rond-point angoissant où des masses communautaristes lèvent leurs pancartes intersectionnelles sans jamais trouver le sens ni de l'échange ni de la rencontre. Et puisque le ridicule ne tue pas, ils lèvent ardemment le poing pour une pensée dite bienveillante, dopée au vivre-ensemble, mais qui reste précisément sur place (et qui exclut tous ceux qui sont moins généreux qu'elle).

Racée, je suis d'une espèce intellectuellement en danger, parce que dangereuse ; en effet, mon apparition a pour conséquence directe d'invalider le fonds de commerce des idéologies identitaires. Mon existence même est un problème.

Sans paranoïa, je connais bien cette volonté de me faire disparaître, de me rayer de la carte. Mes grands-parents, mes parents en ont fait l'expérience. Dans une sorte d'hérédité déterministe, je l'ai vécue à plusieurs niveaux : intime, professionnel, artistique, et dans différents milieux. La transmission des traumas est puissante. Alors il est difficile à la fois d'accepter et de faire accepter sa voie, son chemin, lorsque l'on est fille d'une minorité visible autant qu'enfant d'enfant cachée, lumière noire et ombre blanche. Déroutante !

D'ailleurs, à cause de ce mélange, on n'envisage souvent qu'une seule partie de moi, qui se voit être instrumentalisée dans un but prédéfini. On ne me veut pas tout entière, faite de possibilités multiples, d'imprévisibles, de biodiversité intérieure, de flou, de porosités, d'invisible, pouvant engendrer autant de situations incontrôlables sur des terres inconnues.

Alors pendant longtemps, ne voulant pas heurter par ma réalité, je ne me suis exprimée qu'à demi-mot, qu'à demi-moi.

L'identité, c'est le vol

Souvent, on me parle de ma « double identité » avec cette « bienveillance » à la mode. Or, comme tout le monde, je suis bien plus que double et certainement pas schizophrène ! Grâce à mes métiers, d'actrice, de juriste ou d'artiste, j'ai l'autre en moi. Alors parfois, comme Romain Gary, j'ai « des problèmes avec ma peau, parce que ce n'est pas la mienne, je l'ai reçue en héritage[21] ».

Mais, derrière la volonté de simplifier, il y a autre chose. Ce qui dérange les activistes aux têtes de *Mater dolorosa*, c'est qu'au jeu de la concurrence victimaire, je gagne toujours ! Noire ici, *Toubab*[22] là-bas, juive ici, musulmane là, femme partout. Avec ce géant noir autant que le fameux homme blanc dans les veines, je suis souchienne et négresse à la fois. Incompréhensible. Cercle carré. Je ne suis pas une synthèse. Je suis une insolence.

Racée, à force d'illégitimité mais aussi d'intuition, d'amour du contradictoire, d'horreur pour l'errance incohérente.

Racée, que l'on appelle lorsqu'il y a une galère à cause de l'esclavage ou de la Shoah comme si mes gènes me donnaient une compétence[23] lorsque le bateau coule ou que le train déraille.

Racée, au milieu de plusieurs « milieux » qui peuvent rapporter des voix en politique.

Mais racée sans étiquette ni carte de visite, parce « j'aurais voulu être quelqu'un d'autre, j'aurais voulu être moi-même[24] ».

Racée, parce que l'identité, c'est le vol de soi.

Racée qui s'est tue, parce que souvent c'était trop, c'était *too much* de la ramener sur tous les sujets qui pourtant me concernent.

Mais racée qui, pour une fois, la première, écrit dans sa totalité, dans sa tonalité à travers ces lignes. Parce que racée, avec mon collectif intérieur, je ne veux plus me taire. En moi, tout le monde réclame la parole.

La Négresse n'a plus l'angoisse de la page blanche. Enfin, je me sens libre d'être vue sans être regardée comme une cause à défendre. Au contraire, c'est plutôt comme conséquence d'un contexte, d'un chemin, celui de la relation, chère au philosophe Édouard Glissant, que je veux envisager ce texte.

« Le langage que tu parles est fait de mots qui te tuent[25] »

Il s'agit de porter un regard, en conscience des bouleversements du monde, sur les mots. Il en va en réalité de ma responsabilité environnementale, linguistique et humaine dans ce climat délétère.

Il me faut dire la complexité de l'être humain, sa transformation permanente, son caractère fatalement insaisissable, sa signature inimitable. Les hommes et les femmes sont faits de mots, de conjugaisons en eux et entre eux. Pour Lacan, les mots ont toujours aux moins deux significations, n'en extraire qu'un des sens est de l'indécence.

Je suis indisposée par la pensée unique, les bons sentiments, la malbouffe intellectuelle, qui endorment la conscience et abattent les arbres pour en faire du papier. Alors, je me dois de livrer au nom de tous les miens, de tous les mutants et racés que nous sommes, comme de ceux en devenir, ces quelques réflexions autour du langage. Car, comme on laisse un robinet ouvert, nous utilisons actuellement des expressions polluantes dans nos discours-fleuves. Or, certains de ces mots nous tuent.

Si la pensée est créatrice, les mots et les langues que nous employons donnent le *la*, c'est-à-dire le point de départ, aux chemins sur lesquels nous nous engageons et qui n'existent que par notre marche. Moi, qu'on a si souvent tue, je me dois de dire au fil de ces pages ce qui me heurte dans ces mots et la haine qu'ils déploient en sourdine.

En pleine pénurie, nous avons tellement faim que nous mangeons ces mots destructeurs. Le langage, qui pourtant, au tout début, a été inventé pour faire en sorte de nous comprendre avant de nous rassembler, ou plutôt qui est né du désir de ranger les différences sous un seul mot par peur de l'inconnu, nous divise aujourd'hui d'une manière puissante.

Des mots idéologiques apparaissent fortement en se prenant pour des vérités indiscutables puisqu'auréolées du rôle progressiste qu'on leur attribue. Entre ce qui est dit et ce qui est entendu, aucune interprétation n'est plus possible. L'injonction d'une pensée unique fait alors son trou. Ceux qui agitent ces mots sans remise en question imaginent bien penser parce qu'ils pensent bien faire. Sauf que la bonne intention ne fait pas le mot juste.

Il y a danger, notamment lorsque des théories transforment un être en préfabriqué. Ou en infirme. On appelle ça une « transfirmation ». Même le dictionnaire n'ose pas !

Pourquoi s'enfermer à double tour dans des mots fourre-tout, alors que seules les pensées ouvertes seront la clef de notre survie ?

Comment, dans nos bouches qui savent encore embrasser, surgissent des mots qui nous séparent ou ne vont nulle part, des concepts sombres aux antipodes de ce que nous sommes, des êtres en mouvement, tremblants, non figés, au cœur battant ?

Je veux regarder les mots en face, embrasser leur essence, toucher le sens sous le signe (ou inversement), sans stratégie partisane, et peut-être en trouver encore d'autres qui apaiseraient nos cœurs battus.

Le bouche-à-bouche sauve des vies. Moi, je pratique le mot à mot. Histoire de sauver quelques existences.

L'objectif de mon travail est de déterminer, par l'analyse, quels mots sonnent justes et quels mots sonnent creux. Dans notre contexte cristallisé par de multiples tensions, lesquels les réparent et lesquels les aggravent.

CHAPITRE 1

Les mots qui séparent

Attention danger.

« Encore des mots, toujours des mots, les mêmes mots », chante Dalida.

Petite musique bien répandue où les mots ne seraient « que des mots », sans conséquences réelles, par opposition aux actes. Le discours est un affichage facile alors que les faits sont des preuves tangibles d'une volonté. Les paroles seraient semées alors au vent.

Rien n'est plus faux.

C'est parce que la chose est nommée qu'elle existe.

Un mot de trop peut suffire à provoquer l'ire du destinataire et à faire pleuvoir les coups.

Le harcèlement à l'école et le cyberharcèlement poussent parfois au suicide.

Ce n'est pas la prise de la Bastille qui a miraculeusement fait naître un peuple de républicains. Au commencement était le verbe, avec un travail d'éducation des esprits qui a pris du temps pour changer les mentalités en profondeur.

Les mots comptent parce que tout commence avec eux. Comme le relève Hannah Arendt dans « Qu'est-ce que l'autorité ? »[1], le mot est le point de départ qui initie.

De même, un non-dit peut plonger celui qui attend désespérément que le mot magique soit prononcé dans un état de désespoir, de confusion ou de souffrance.

Mon père parle six langues, notamment le wolof, le peul, le sérère et l'anglais, sa langue coloniale. Il a appris le français par les livres. *L'Étranger*[2] est le premier ouvrage qu'il a lu en langue française. N'en comprenant pas tous les mots, il écrivait au crayon de papier leur définition dans la marge. Quarante ans plus tard, en ouvrant ce livre, je lis encore à côté du texte d'Albert[3] Camus les remarques innocentes de mon père, et mon cœur se serre. Ou plutôt mon cœur s'ouvre et s'incline devant la dignité et l'effort. C'est devant l'exemplaire de *L'Étranger* de mon père que j'ai compris qu'il n'avait pas toujours parlé français. Les mots de la littérature imprègnent sa manière de s'exprimer. Attentif à la langue, redoutant les quiproquos, il a fait du « mot juste » une éthique de vie. En moi, la langue paternelle sert à bien s'entendre quand on n'a pas vocation à se comprendre.

J'ai grandi ici, entre les mots d'une Afrique de l'Ouest assoiffée d'Europe, ceux d'un Yiddishland rescapé du pire et le phrasé dit sans accent de ma Touraine natale.

C'est plus fort que moi : je ne peux pas m'entendre avec celles qui, usant de la fierté de l'opprimé pour stimuler la douleur jouissive du pénitent, fabriquent des mots pour réduire le monde...

S'il est vrai que les mots peuvent soigner comme ils peuvent blesser, il y a des mots qui, aujourd'hui, sont présentés comme des outils indispensables pour combattre les maux sociaux que sont le racisme et ses frères de haine. Or, certains sont insidieux car ils enfoncent le couteau dans les plaies qu'ils prétendent contribuer à cicatriser.

Ils creusent des silences entre nous au lieu de rétablir le dialogue.

Ils divisent au lieu de nous rassembler autour de notre commune humanité.

Ils charcutent jusqu'à la personne elle-même, en épluchant la multiplicité de sa chair, en raclant ce qui la constitue jusqu'à l'os, pour n'en garder que le squelette, afin de mieux la ranger dans une case. Ces mots détruisent tout espoir d'unité.

Souchien

Le mot « souchien » est prononcé pour la première fois à la télévision[4] en 2007 par la porte-parole des Indigènes de la République, Houria Bouteldja. Une curieuse manière de désigner certains Français, dont la rime riche avec « chien » souligne la délicatesse des propos.

Alain Finkielkraut dit avoir vécu « un moment historique » puisque personne sur le plateau « ne sursaute, [lorsqu'elle] parle des Français comme des "souchiens[5]" ».

Assignée en justice pour injure raciale par l'Alliance générale contre le racisme et pour le respect de l'identité française et chrétienne, la porte-parole sort relaxée. Le terme poursuit son petit bonhomme de chemin, permettant donc, deux ans après les émeutes de 2005, de cristalliser des tensions entre les Français et les Français ! La fracture sociale et raciale trouve désormais dans la langue un endroit où se vivre.

Pour ceux qui l'utilisent, il s'agit d'un bon mot pour contrer l'expression « Français de souche », défendue depuis des années par le Rassemblement national. Trait d'humour étrangement incompris par les identitaires lorsqu'Alain Finkielkraut s'étonne de l'absence des « non-Souchiens » lors de l'hommage national à Johnny Hallyday[6].

Les mouvements identitaires portent haut et fort la déconstruction des imaginaires coloniaux pour en créer de pires sous couvert de post-colonialisme. Comme l'extrême droite, ils scindent l'histoire de France avec d'un côté les rois et les reines, de l'autre l'esclavage et la colonisation. C'est oublier, pourtant, que la Martinique est devenue française en 1635, soit deux siècles plus tôt que la Savoie et trois avant l'Alsace.

Comment peut-on revendiquer que nos douleurs fassent partie des programmes de l'Éducation nationale et, dans le même temps, considérer que certains Français soient plus français que d'autres ?

Avec le mot « souchien », c'est l'ombre des Indigènes[7] qui plane sur la République. Leur méthode est simple : lutter contre les discriminations par la discrimination. Un paradigme peu créatif, puisqu'il s'agit de reproduire allègrement ce qu'ils dénoncent. Ainsi, au nom de l'égalité, l'organisation répertorie les catégories de Français d'un point de vue racial. Or, cette mission d'inspiration ségrégationniste[8] n'a d'autre fondement qu'un racisme anti-Blancs.

Pour eux, l'homme blanc a fait du mal. Il doit comprendre qu'il vit dans une instabilité sociale face à la puissance de frappe de toutes ses victimes, qu'il a rendues rageuses. Ses privilèges ancestraux ont atrophié son instinct de survie. Son absence d'histoire forte l'a rendu lisse et fébrile. En somme, face à ceux qui ont les crocs, il n'a plus la capacité de mordre... Souchien : écoutez ce mot, c'est un aboiement.

La soif d'ego conduit à conférer une identité extraordinaire aux victimes, face aux « Français normaux » ou « souchiens » dont le seul devoir est d'avoir à payer leur dette. Cette appellation nourrit un complexe, largement étoffé par les termes « Gaulois », « *Toubab* » ou, pire, « Babtou[9] fragile ».

Combien de fois me suis-je retrouvée face à des Blancs qui pensaient ne rien avoir à me raconter parce que leur famille était normande ou bretonne ?

Comme s'il fallait obligatoirement des déportations et autres tragédies pour avoir quelque chose à échanger.

Ce qui m'intéresse, c'est de savoir ce que leurs arrière-grands-parents bretons faisaient pendant que les miens avaient une tout autre histoire. Ce qui m'intéresse, c'est que nous prenions l'apéro (c'est-à-dire, littéralement, « l'ouverture ») ensemble, alors qu'*a priori* ça n'était pas prévu.

Avec « souchien », la sécession opère. Ce mot sépare les mondes au sein du territoire. À force d'exclure au nom de la tolérance, les portes des cafés afficheront bientôt « interdit aux Noirs, aux Arabes et aux Souchiens ».

Je suis souchienne parce que racée. Dans mon sang coule tous les chapitres de l'histoire de France.

Je suis souchienne parce que femme. Notez que le mot est peu employé au féminin. Pourtant, en pleine période du langage inclusif, il devrait s'imposer malgré la timidité des « indigestes » sur l'égalité des genres et la liberté sexuelle.

Je suis souchienne, parce qu'en vie[10].

Les identitaires déchirent la nation, pour en faire une sous-France. Et c'est à cet endroit morbide de notre langue que s'opposent « Souchiens » et « Racisés ».

Racisé

Il n'y a pas plus oppressant que d'être enfermé dans le regard de l'autre. Sartre voit dans le garçon de café un individu éteint au profit de son rôle social[11]. Or, le mot « racisé », qui entre dans *Le Petit Robert* en 2019, permet de verbaliser une case identitaire.

« Oui, mais vous, en tant que femme racisée, qu'est-ce que vous en pensez ? », m'a-t-on demandé pour la première fois le 8 mars 2019, lors de l'inauguration de la Maison pour l'égalité femmes-hommes, à Échirolles, dans la banlieue de Grenoble.

La journaliste, jeune femme, yeux noisette, barrettes sur le côté pour maintenir ses cheveux châtains, soigneusement coiffés-décoiffés, avait tout de l'attitude bienveillante que le boboïsme exige. Pourtant, sa question passive-agressive me contraignait de répondre sous une identité qui n'est pas la mienne : celle d'une « racisée » aux contours prédéfinis.

Déployant une force intranquille de racée christiano-musulmano-ashkénaze pour qu'elle arrête de me retenir dans une image idéologiquement arriérée, je lui ai renvoyé le compliment.

« Racisée vous-même ! dis-je.

— Mais moi je ne suis pas racisée ! me répondit-elle en levant sa barrette pour laisser une mèche plus blonde que les autres effleurer son visage opale.

— Ben, moi non plus !

— Ben, si !

— Ben, non. Vous défendez l'égalité, non ?

— Ben, oui !

— Alors, pourquoi serais-je racisée et pas vous, alors que nous sommes égales ? »

Je reprenais ma place en moi, elle était hors d'elle. Puis je tentais de lui faire comprendre que ma « racisation » existe strictement au regard de la sienne. J'aurais pu la qualifier de « *toubab* », de « gauloise » ou même de « souchienne », donc la traiter de manière discriminatoire puisqu'elle est blanche.

Il n'y a rien de plus égalitaire que la discrimination.

Elle commença à beaucoup rougir, devant un public qui se faisait attentif. J'ai arrêté de la pousser dans ses retranchements. C'est important les limites quand on domine une discussion et loin de moi l'envie de l'opprimer un 8 mars.

Outre une vilaine sonorité, qui sonne comme ostracisé ou excisé, le mot « racisé » a pour but de séparer les Blancs des non-Blancs. En répondant ainsi à cette jeune femme, je voulais rompre avec cette rupture. Mais, en sortant de la salle, elle ne m'a plus adressé la parole. Ce mot a donc fini par nous séparer une seconde fois, redonnant à ma couleur de peau une place qu'elle croyait avoir perdue.

En voulant supprimer le mot « race » de la Constitution, la France reconnaît que ce concept biologique n'existe pas. Victoire. Mais les Indigènes étant des Français comme les autres, ils ont dénoncé ce qui aurait dû être célébré.

Comme le dit Gary (Ajar), « [il] n'y a rien de plus vachard, de plus calculé, de plus traître que les pays où l'on a tout pour être heureux[12] », alors créons-nous une bataille, « mourons pour des idées[13] », même si elles ont la saveur recyclée d'une histoire ancienne ; de toute façon, nous n'en avons pas d'autre.

Les victimaires ont décidé que la disparation du mot « race » était une négation des discriminations, voire la consécration d'un « racisme d'État ». Ainsi, ils nous expliquent ce que personne ne remet en cause : s'il n'y a plus de races, il y a toujours du racisme, d'où l'utile expression de « racisés » pour se désigner.

C'est Colette Guillaumin qui la première, dans les années 1970, emploie dans son ouvrage *L'Idéologie raciste*[14] la notion de « racialisation ». Il était pertinent de démontrer, à l'époque, que si la race n'a pas d'existence biologique, en revanche les discriminations subsistent. En théorisant les rapports de domination, la sociologue française, militante antiraciste et féministe, prouvait avec la racialisation qu'il existe un processus par lequel une personne, selon certaines caractéristiques physiques, est « assimilée » à une race et, en conséquence, subit des discriminations.

Contrairement à la notion d'universalité, critiquée pour être une construction des Blancs, les études de la sociologue, pourtant blanche elle aussi, ont été reprises par les identitaires.

À une chose près et non des moindres : la mise en lumière du processus de discrimination disparaît. On ne parle pas de « personne racialisée », ce qui prendrait en considération un événement discriminatoire, mais d'« individus racisés » par essence, quel que soit leur vécu. Ainsi, Michelle Obama est une femme racisée et ce, malgré sa condition sociale d'ex-Première dame de la première puissance mondiale.

Il s'agit de se définir par la couleur d'une peau qui, dans l'histoire, a subi le racisme. Cette nouvelle case permet commodément de s'indigner d'injustices que l'on pourrait subir. Ce qui est assez confortable. Ce mot garde en lui la possibilité (liberté ?) d'être ou de se sentir discriminé. En s'appuyant sur des faits d'un autre temps ou d'un autre espace, les racisés s'intronisent les héros d'une guerre menée par procuration.

« Ce qui a donné naissance au phénomène social du "Noir professionnel" qui vit de la couleur de sa peau », affirme Jean-François Kahn dans *M la maudite*[15]. L'adjectif « racisé », d'inspiration essentialiste, consacre l'échec des mobilisations futures vers l'égalité. Et c'est là tout son intérêt. Il n'y a aucun avantage à faire disparaître les injustices et autres constructions sociales du même ordre, au risque de se réveiller un matin sans avoir de job. Il faut bien que tout le monde tire profit du passé esclavagiste et colonial.

Dès lors, il y a des films, des chansons, des BD sur les cheveux des racisés, la vie des racisés, les habits des racisés, la nourriture des racisés, où l'apologie de la souffrance tête haute offre de véritables méthodes de sous-développement personnel.

Et, s'il y a des victimes, il y a des coupables. Les crimes contre l'humanité n'ont plus vocation à être dénoncés par tous. Ils ont désormais des couleurs, car mieux vaut nommer un coupable que regarder l'innommable en face. Devenir civilisé implique de pointer du doigt « l'homme blanc » qui doit payer. Dans cette bataille, les racisés ont pour complices les « *white* gauchos ». Ces derniers, en se sentant coupables pour leurs ancêtres, se font plus identitaires que les identitaires eux-mêmes.

C'est, dans une certaine mesure, le personnage de monsieur Cousin dans *Gros-Câlin*. Amoureux d'une Guyanaise nommée Mlle Dreyfus, il n'ose pas lui faire des avances « car elle serait blessée dans son sentiment d'égalité, dit-il, elle croirait que je suis raciste et que je me permets de lui proposer un bout de chemin parce qu'elle est une Noire et que donc "on peut y aller, on est entre égaux" et que j'exploite ainsi notre infériorité et nos origines communes[16] ». Monsieur Cousin va jusqu'à nous confier que s'il y avait l'esclavage, il aurait épousé Mlle Dreyfus. « Tout de suite, je me sentirais quelqu'un », dit-il.

C'est ce que m'inspire la journaliste de la Maison pour l'égalité femmes-hommes. En attendant une réponse de moi « en tant que racisée », elle se sentait enfin quelqu'un.

Or, que je sache, nous n'avons pas gardé les aurochs ensemble !

Le besoin de repentance viscérale des « *white* gauchos » est un moyen d'exister sur un vieux continent européen en quête d'intensité. L'écrivain afro-américain James Baldwin affirmait qu'« il y a quelque chose de monstrueux dans le fait de n'avoir jamais été blessé, de n'avoir jamais saigné, de n'avoir jamais rien perdu, de n'avoir jamais rien gagné parce que la vie est belle, et pour faire en sorte qu'elle demeure belle vous allez devoir rester exactement comme vous êtes[17] ».

Racisé et racisé *friendly* se nourrissent, se protègent. Le dominé devient dominant et inversement. Sur un même territoire, l'autre, celui qui n'entre dans aucune case préfabriquée, devient l'ennemi. La gêne s'installe, la communication est impossible, la paralysie se propage.

À la culpabilité des uns répond l'impunité des autres. Émile Ajar invente précisément le personnage de la Guyanaise, la bien nommée Mlle Dreyfus. Cet être est définitivement non coupable du fait de son nom et de sa couleur de peau. Certaines féministes identitaires estiment qu'on ne peut inculper des racisés pour harcèlement de rue, car ce sont leurs « frères ». Étant eux-mêmes de potentielles victimes, très loin du statut social d'un Harvey Weinstein, leurs comportements violents seraient compréhensibles. Drôle de manière d'appréhender la fraternité, qui ne concernerait, « en l'espèce », pas les Blancs.

Le mot « racisé » se décline aujourd'hui en fonction de la couleur de peau, comme si l'indice épidermique nécessitait des luttes spécifiques. Ainsi, depuis 2017, les femmes noires font savoir à la nation qu'elles revendiquent le droit de se réunir exclusivement entre racisées afro-descendantes. Or, les terreurs les plus inhumaines sont celles qui n'ont pas de nom. La plaie est définitivement béante. C'est un trou noir. Troublant.

Afro-descendant

« Afro-descendant » est un anglicisme. Et on peut le comprendre.

L'histoire des États-Unis – esclavage, guerre de Sécession, lutte pour les droits civiques, ségrégations – justifie à elle seule que les indigènes et les communautés noires américaines aient eu besoin d'un mot pour retourner le stigmate contre l'oppresseur et incarner une légitime exigence d'égalité. Le terme « afro-descendant » porte en lui la déportation : les Français antillais et guyanais, notamment, coupés de leur continent d'origine sont afro-descendants. Ils viennent d'Afrique, mais auraient toutes les peines du monde à retrouver les leurs sur le grand continent. De cette origine, de cette cause perdue, ils gardent une culture, une trace, un créole qui leur est propre.

Malaise dans l'« afro-descendance » lorsqu'on utilise ce mot à tout bout de champ pour désigner toute personne ayant un lien de sang avec l'Afrique. En ne faisant aucune distinction entre déportation et immigration, le terme a pour vocation réelle de faire « des douleurs du passé un support identitaire[18] ». Puisque « la mémoire donne plus de droits que de devoirs », pourquoi s'en priver ? « Dotons-nous d'une identité mémorielle ! » semblent nous dire les victimaires. Mais qu'est-ce qu'une mémoire sans souvenirs ?

Ces nouveaux Afro-descendants ravivent les plaies de l'esclavage dont ils s'attribuent la propriété en héritage. Le mot s'inscrit dans la volonté de séparer au lieu d'unir. C'est ainsi qu'en parallèle des programmes de l'école de la République, tentent de s'organiser des « États généraux de l'éducation de l'enfant afro-descendant ».

Les victimaires sont fans de l'imaginaire afro-américain.

La programmation neurolinguistique (PNL) prend ici toute son ampleur. En effet, quelles que soient les conditions de vie des « racisés », avec le terme « afro-descendant », c'est comme si la « descente » était fatalement programmée de génération en génération, permettant à la culpabilité des Blancs de garder le cap.

« C'est dans ce contexte de dévergondage délirant du langage, dans cette inflation verbale avec son escalade dans la recherche de superlatifs de plus en plus dépourvus de contenu réel qu'il convient de situer les appels des membres des chefs du pouvoir noir[19]. » Si Romain Gary écrit ces mots en 1969, juste après la lutte pour les droits civiques aux États-Unis, ils peuvent s'appliquer à ce qui se passe actuellement en France chez les identitaires. Le positionnement de ces derniers ne saurait cacher leur déception d'avoir loupé le coche de cette « belle époque ». Ils sont nés trop tard et pas au bon endroit.

Le concept d'afro-descendance permet de revendiquer un droit à la « réappropriation du récit ». Comme l'exprime Gary dans *Chien blanc*, il y a « la condition des Noirs américains, mais les écrivains noirs américains se foutent en rogne quand on leur vole leur sujet ». Pour eux, lorsque Spielberg tourne *La Couleur pourpre*[20], il vole le récit des Noirs. La revendication est claire : c'est aux racisés afro-descendants d'écrire leur histoire.

C'est bien connu, seules les gazelles ont le droit de réaliser des documentaires animaliers.

La « réappropriation » est une confiscation de l'histoire.

Le malaise arrive à son paroxysme lorsque ces « racisés » enfants d'immigrés se revendiquent afro-descendants en criant haut et fort le droit à la « réappropriation de leur récit ». L'afro-descendance est une rupture de l'arbre généalogique, une coupure des racines, d'un pays, d'une famille, d'un nom de famille, c'est l'effacement des rites et autres fondements de la culture initiale. Amalgamer ce mot avec l'immigration, la colonisation, la vie en banlieue, est d'une malhonnêteté rare. En faisant un tel copier-coller linguistique de l'histoire afro-américaine, qui s'approprie le récit de qui ?

Par ailleurs, reconnaître que la couleur de peau suffit à être afro-descendant, c'est considérer que tous les Noirs ont la même histoire. Raciste ?

On se prend pour Claudette Colvin[21], Rosa Parks et autre Angela Davis. On se fait croire que porter une coiffure afro est un affront. On a presque peur qu'un agent de la RATP demande de descendre du bus de la ligne 96 à cause de cheveux détachés. Un jour, une personne m'a félicitée dans la rue pour « mon affirmation culturelle avec mes cheveux *nappy*[22] ». Personnellement, si je les ai détachés, c'est parce que les tresses prennent trop de temps à faire et que l'impression de m'imposer des nœuds dans la tête m'attristait. Et puis, comme toutes femmes, j'avais envie que le vent autant que les mains d'un homme puissent caresser ma touffe, ce qui semble plus déplacé à dire que révolutionnaire. Tout va bien. Nous sommes en France.

Afro-descendance, une nouvelle importation américaine qui, comme une drogue, offre un sentiment de surpuissance destructrice sur le long terme.

« Les Afro-Américains ne sont pas noirs, ils sont américains[23]. » Ils ont une histoire faite d'un drame mémoriel, mais aussi d'une supériorité mondiale.

En nous appropriant l'histoire afro-américaine, qui fait prévaloir la règle de « l'unique goutte de sang[24] », nous perdons notre récit. Il est dommage, sur notre vieux continent, berceau des impressionnistes, de nous interdire toute nuance, fondement pourtant d'une infinité de parcours de vie.

Je ne suis ni Afro-descendante, ni Shoah-descendante, mais racée. Les arbres généalogiques paraissent dans le bon sens s'ils font de nos ancêtres nos racines et non nos fruits.

Comme beaucoup d'enfants d'immigrés, je suis Afro-européenne, bourgeon de deux continents. La déchirure des terres est certaine, mais la possibilité d'en faire quelque chose aussi. Il m'est impossible d'être Afro-descendante, de tricher, de me définir uniquement à l'aune d'une seule terre, d'une seule histoire et d'une seule culture. Il m'est impossible intellectuellement d'exclure autant de moi.

Pourtant, le poids des identitaires oblige de mettre un zoom sur ma condition de femme noire, racisée, afro-descendante, jusqu'à porter le paradoxe d'une « intersectionnalité » tronquée.

Intersectionnalité

C'est le *must have* des racisées afro-descendantes. L'intersectionnalité permet aux militantes à court d'arguments de faire jouer ce point Godwin[25].

Au milieu des luttes, l'intersectionnalité est devenue une figure imposée. Or, comme beaucoup de concepts de la novlangue, ses répercussions sont inquiétantes.

À la fin des années 1970, Romain Gary (Émile Ajar) ironise déjà sur les victimisations à la mode. Ainsi, le docteur Christiansen, dans *Pseudo*, lui affirme qu'il n'est « pas contre la masturbation […] mais que deux mille ans de branlette c'est trop, qu'il y a maintenant les Noirs, les Arabes, les Chinois et les communistes et que les Juifs ne sont plus indispensables pour se branler[26] ».

Les afro-féministes estiment que c'est leur tour. Elles s'offrent un peu de plaisir en démodant les discriminations usuelles. Dans notre société de consommation, l'intersectionnalité est une garantie pour le marché des luttes identitaires[27], le Head & Shoulders sur les épaules de l'égalité.

L'intersectionnalité, qui au départ était louable pour donner plus de poids à la lutte contre les injustices, s'est vue détournée de son objectif. À trop vouloir l'inclusion de certaines communautés, elle contient aujourd'hui en elle les marques de la division. Le terme « intersectionnalité » fait entendre celui de « section », qui lui-même évoque, selon le dictionnaire, l'action de couper (on parle ainsi de la section accidentelle de la moelle épinière, par exemple) ou une portion de voie de communication (comme une section de voie rapide fermée pour travaux). Dans le jargon politique, la section est un échelon de base de l'organisation d'un parti. En matière militaire, la section est commandée par un lieutenant. Ceci expliquerait donc cela !

Le préfixe « inter » désigne l'espace entre deux parties. Il ne s'agit pas uniquement d'un lieu, mais aussi d'une relation. L'intersectionnalité aurait donc pu être le constat de divisions en soi en vue de leurs interactions.

Ashkénaze, mais néanmoins idéaliste, j'étais partante pour une intersectionnalité qui puisse engendrer l'introspection. Mais il faut se rendre à l'évidence, Freud n'a pas voix au chapitre pour ces femmes debout.

L'intersectionnalité vient, une nouvelle fois, de l'anglais. *Intersectionality* est une notion employée en sociologie pour désigner la situation de personnes subissant simultanément plusieurs formes de domination ou de discrimination dans une société. C'est l'universitaire afro-féministe américaine Kimberlé Williams Crenshaw qui, en 1989, a parlé spécifiquement de l'intersection entre le sexisme et le racisme subis par les femmes afro-américaines.

Et voilà comment les femmes noires de France, qui pourtant luttent contre la stigmatisation, se retrouvent derrière une nouvelle étiquette, *made in USA*.

La case « intersectionnalité » n'a plus d'autre vocation que d'opposer les féministes blanches aux féministes noires. Elle permet le décompte des motifs de discrimination potentiels. La concurrence des douleurs a désormais un boulevard. Le sexisme et le racisme ayant le vent en poupe, la convergence des luttes donne un nouvel élan à « la cause ».

Pas question de se sentir perdues au milieu du rond-point, entre la route des Noires et la route des femmes. Pas question de travailler sur un rassemblement intérieur pour trouver une direction. L'intersectionnalité pointe du doigt une société coupable de dominations oppressives plurielles. Une nouvelle fois, le mâle blanc est la cible.

D'ailleurs, rares sont les hommes noirs ou autres qui se disent intersectionnels. Pourtant, ce sont eux qui sont souvent exclus des boîtes de nuit ou de la politique. Sibeth Ndiaye, Rama Yade, Christiane Taubira, George Pau-Langevin, Rachida Dati, Fadela Amara ou encore Fleur Pellerin démontrent que les femmes sont acceptées, aussi intersectionnelles soient-elles.

La dite double discrimination est fausse. Le théorème mathématique selon lequel moins par moins fait plus s'applique. Certes, le combo femme et Noire permet aux « décideurs » d'inclure des Noires parce qu'elles sont femmes, sexe faible, donc moins dangereuses *a priori* que les hommes. Mais induire une double peine de cette réalité est malhonnête.

Comment évaluer qu'une discrimination est, de manière tangible, multipliée par deux ? Comment savoir si une personne est discriminée en tant que femme ou en tant que Noire ?

Or l'homme noir fascine et fait peur à la fois. Pour canaliser sa puissance, on lui propose d'assurer notre sécurité à l'entrée des théâtres ou des grands magasins, comme le symbole d'un géant resté au seuil de l'histoire.

Mais c'est un mâle, et l'intersectionnalité exclut tous types de dominants[28]. Il en va ainsi de la judéité. Ce qui compte dans les réunions d'Afro-descendantes racisées intersectionnelles, ce n'est pas que je sois Juive d'Europe de l'Est avec du sang blanc, mais de m'appréhender strictement comme une femme noire. Le juif en moi est trop puissant. Étrange manière de déconstruire les imaginaires en perpétuant celui de l'antisémitisme[29].

Si certaines identités sont rejetées de l'intersectionnalité, d'autres sont les bienvenues.

Les femmes musulmanes – encore mieux si elles sont noires – sont des sujets idoines pour une intersectionnalité friande de la question du voile et de l'« islamophobie ».

Pourtant, au regard de l'islamisation de l'Afrique, le fait d'être noire et musulmane est une division intérieure violente. Une nouvelle fois, Romain Gary a su mettre en lumière le déni des activistes afro-américains musulmans des années 1960, qui voyaient « dans l'islam l'incarnation de l'âme africaine » ; selon lui, « il y a tout de même quelques petites années-lumière à franchir et lorsque Malcolm X écrit, à propos des Blancs : “Comment pourrais-je aimer l'homme qui a violé ma mère, tué mon père, réduit mes ancêtres en esclavage ?”, c'est pourtant exactement ce qu'il fait lorsqu'il se jette dans les bras d'un Prophète[30] ».

L'Afrique est devenue musulmane par l'esclavagisme et la domination arabe.

Le racisme du Maghreb est encore criant. Mais dans les tables rondes des identitaires, l'histoire disparaît. L'enjeu est de démontrer l'oppression de la société française ou européenne à cause de leur genre et du « choix » de leur religion.

L'intersectionnalité est efficace pour nourrir la culpabilité. En faisant la synthèse des motifs de discrimination, la lutte peut alors légitimement se poursuivre, en donnant jour à de nouvelles minorités.

Minorité

Où sont les roux[31] ? Un matin, dans un café, je réalise qu'autour de moi, il n'y a aucun roux. Pour moi qui me croyais une espèce rare, c'est un choc.

Les roux sont si minoritaires qu'on ne les voit plus nulle part. Pire, ils sont oubliés des débats. C'est là que je comprends que le mot « minorité » est souvent employé à mauvais escient.

Selon *Le Larousse* (justement), une minorité est un ensemble de personnes inférieures en nombre par rapport à un autre ensemble, ou encore un groupe de personnes réunissant le moins de voix dans une élection, par opposition à la majorité.

Or, aujourd'hui, plus besoin de rapport avec le nombre. Il suffit de se revendiquer d'une minorité pour en faire partie.

Minorités visibles, invisibles, agissantes, ethniques, religieuses… certes, mais minorités massives et fortes de je ne sais combien de *followers* sur Twitter. Savent-elles, ces minorités, que les roux n'ont même pas Twitter ?

Dans l'histoire du droit international, celui des minorités apparaît à chaque fois qu'un État tend vers une homogénéisation de sa population alors que sur son sol se trouvent des langues, des « races », des religions différentes. Il s'agit de créer un droit à la protection des minorités contre les abus de la majorité, *afin d'assurer le maintien de leurs caractéristiques, notamment culturelles*. Au cours de l'histoire, les États souverains ont souvent empêché un droit international « humaniste » de pénétrer sur leur territoire justement par rapport à cette question. Mais une certaine forme de coutume internationale s'est cristallisée, sans forcément être applicable, autour du droit à l'usage de la langue maternelle dans les relations privées par exemple, ou en matière religieuse pour les minorités.

Au lendemain de la Première Guerre mondiale, le problème s'est internationalisé. En Europe, avec la reconstitution de certains États, le bouleversement des frontières a été accompagné de l'inclusion dans ces États de minorités étrangères, sans considération de nationalités, notamment pour les Polonais, les Tchécoslovaques, les Grecs, les Roumains, les Yougoslaves, les Albanais… Ainsi, le droit au traitement égal avec les ressortissants majoritaires s'est installé, interdisant toute discrimination[32]. Au regard d'un contexte européen sensible sur la question, l'article 14 de la Convention européenne des droits de l'homme de 1950 interdit la discrimination fondée sur « l'appartenance à une minorité nationale ». Tout un arsenal juridique européen s'est alors construit sur le sujet, mais les États restent parfois réticents à accorder les droits culturels et politiques reconnus par ces conventions[33].

Pourtant les questions juridiques que cet article soulève sont essentielles lorsque l'on veut parler de minorité :

Comment accéder au statut de minorité nationale afin d'assurer le maintien de certaines caractéristiques culturelles ?

Quand devient-on une minorité permettant à la protection nationale de se déclencher ?

À quel moment l'injustice d'être minoritaire est-elle considérée si forte que nous devons être attentifs d'un point de vue collectif ?

Les communautaristes ont compris que la notion de minorité est un levier.

Pour eux, la seule question est de savoir comment maintenir dans ce monde de mélanges une ligne de démarcation permettant de nourrir les revendications victimaires.

Affirmer son appartenance à une minorité a vocation à se couper du reste de la population et d'en jouir. Si la Constitution ne permet pas le dénombrement des citoyens en fonction de caractères ethniques, qu'importe ! Certains racisés se réclament de la minorité pour se séparer d'une majorité « française » à laquelle ils fantasment ne pas appartenir.

Peu importe le chiffre, la stratégie est dans la revendication, même si, à l'œil nu, le nombre de Noirs est supérieur à celui des roux[34].

Ce clivage est alimenté par la victimisation. Cette dernière est fondamentale pour justifier la revendication de nouveaux droits. Dès lors, se dire victime de harcèlement, de contrôle au faciès, de non-représentativité, par exemple, permet d'attirer les soutiens nécessaires pour faire entendre sa voix. Là encore, il est étrange que, dans un contexte caniculaire de dérèglement climatique, personne ne pense jamais à ce que subit la peau d'un roux[35].

Le *buzz* sur les réseaux est un atout pour la victimisation. Le mouvement décolonial doit avoir l'algorithme dans la peau. Or, la visibilité des identitaires en termes de nombre de clics, de mentions « J'aime » et de vues interroge sur la notion de minorité.

La majorité « qualifiée » a moins de force de frappe que les minorités inqualifiables. L'abus de pouvoir est réel. Face à ces minorités dominatrices, on se tait. La mise à mal de la liberté d'expression est le signe que ces lobbies sont d'une puissance inouïe. Dans notre système démocratique déphasé, l'objectif n'est plus de gagner par la majorité, mais bien de devenir des minoritaires en majorité.

C'est tout l'enjeu de l'autodétermination à se penser pour soi-même, par soi-même minoritaire, qui offre toute forme d'instrumentalisation. Comme le disait le dramaturge Henrik Ibsen, « la minorité a toujours raison[36] ».

Aujourd'hui, il n'y a pas plus grand dénominateur commun que d'appartenir à une minorité – même si le dire fragilise « la cause » en propulsant les minorités dans une majorité.

Malgré les mélanges et la banalisation des couleurs et des religions, les victimaires tiennent à rester des minorités. Effrayés par les ressemblances, terrifiés par l'égalité potentielle, ils recherchent toujours des signes distinctifs ouvrant de nouveaux droits. Il est donc important de disqualifier la majorité, c'est-à-dire la normalité, en inventant des terminologies nouvelles, comme l'intersectionnalité et autres.

Parfois, l'autodétermination mène à l'extrême. Gérald Bronner[37] cite le cas d'une Norvégienne qui se dit être un cheval et poste des vidéos d'elle franchissant des obstacles à quatre pattes. D'autres arrivent à se trouver des origines inédites grâce aux tests ADN. Malheur à celui dont la salive n'offrira rien d'exotique malgré ses ressentis nocturnes d'africanité.

Les minorités déchirent notre société en mille morceaux. L'enjeu est majeur car les combats qu'elles portent sont antinomiques de nos droits fondamentaux. La question de la représentation des minorités engendre, notamment, celle des quotas. Bataille que les roux ne seront jamais assez nombreux pour mener.

Quota

Toujours à la recherche de mes roux disparus, je monte dans un taxi.

Le chauffeur à l'accent du Sud[38] me demande ce que je fais dans la vie.

« Ah ! le cinéma, c'est bien, me dit-il. Mais quand même, moi qui suis du Sud, il y a des films, c'est simple, je ne peux pas les regarder, je vous le dis. Ce film, là, j'ai oublié le nom, ben ça se tourne chez moi, pourtant ils ont pris des acteurs à l'accent parisien, ces cons, pour jouer dans le film sur Zola *avé* Cézanne[39]. Alors j'aimerais bien qu'on m'explique comment ça se fait, quand même. On n'en a pas, nous, des comédiens ? » N'ayant pas la réponse, j'ai répondu : « C'est sûr. »

Du rond-point du taxi à celui des quotas, il n'y a qu'un tour.

Les quotas de la chanson française ont permis de préserver l'existence de notre industrie musicale à la radio. Ici, il s'agit de protéger une forme de création. La poésie étant à l'art ce que les roux sont à vie.

Pour les identitaires, les quotas sont le moyen de lutter contre la sous-représentation des Noirs, Arabes ou Asiatiques dans le cinéma et l'audiovisuel. L'important est de déterminer un pourcentage à chaque catégorie. Or, en France, les statistiques ethniques sont anticonstitutionnelles. Le calcul du fameux pourcentage est donc impossible. Si les identitaires se trouvent fort marris, ils ne se découragent pas et revendiquent des quotas à la louche. Démarche empirique oblige.

Sans jamais aboutir, le débat « quotas ou pas quotas » divise depuis des années notre société.

Les États-Unis, pays historiquement ségrégationniste, ont mis en place dans la même logique les quotas ethniques. Si la visibilité de leurs Noirs est toujours citée en exemple, depuis les années 1990, certains artistes afro-américains n'acceptent plus d'être interviewés par des journalistes blancs. Le système différencialiste déclenche des droits ethniques, certes, mais ouvre aussi la porte aux discriminations en toute impunité.

L'*affirmative action* savamment traduite par « discrimination positive » est un danger. À moins de revoir la lettre et l'esprit de nos lois pour établir dans le même mouvement l'injustice positive, l'inégalité positive, l'impunité positive, la criminalité positive ou encore les taxis positifs.

Les quotas sont des pourcentages plaqués sur un groupe humain. Or, s'il n'est pas discriminatoire, un choix peut être injuste. Par exemple concernant les migrants. Pourquoi lui plutôt qu'un autre ? Et puis, entre les communautés, les quotas impulsent la version 4.0 de la concurrence des victimes.

S'il faut une représentation des Noirs. Qu'est-ce qu'être noir ? Un Noir des villes, est-ce pareil qu'un Noir des champs ? La seule règle dont on dispose est un test esclavagiste. Chouette. À l'époque, il s'agissait de passer un peigne dans les cheveux : s'il tenait tout seul, le Nègre était mis en servitude.

Avec les quotas, l'heureux élu sera considéré comme étant plus représentatif des Noirs que les autres ? Mais au nom de quoi ?

L'afro-descendance s'invite dans la question des quotas lorsque l'acteur Samuel L. Jackson s'offusque que les Noirs britanniques se mettent à jouer les rôles des Afro-Américains qui, eux, ont un passé d'esclaves[40]. Nous atteignons les limites décentes de l'exercice.

Les communautés afro-caribéennes sont sporadiques. Elles vivent dans différentes cultures et dans différents pays. Elles n'ont de lien que sous le terme de « diaspora », unité utopique. Cette fragilité d'une communauté qui n'en est pas une ne peut faire face à l'injustice tranchante des adeptes des quotas. Ces derniers, forts de leurs calculatrices, ne voient qu'une couleur de peau sans histoires multiples ou, pire, qu'une masse dénuée d'individualité.

Le cinéma est injuste en soi. Il fait ses choix et les places sont chères. Si on applique les quotas au septième art, la remarque sera la même que pour les migrants. Pourquoi elle et pas moi ?

Une fois engagée parce que noire, comment une comédienne pourra-t-elle transcender sa case ? Cette actrice sera prisonnière de son statut de bien « quotée ». Elle appartiendra désormais à sa minorité. Elle devra rendre des comptes aux identitaires. Nous sommes loin de l'affranchissement revendiqué sur le papier.

Puis, pour le milieu, cette comédienne noire aura été engagée non pas « parce qu'elle le vaut bien », mais « parce qu'il le faut bien ». Dans cette obligation, on retrouve la fameuse identification des jeunes qui ne pourraient grandir sans avoir de modèles de leur couleur de peau. J'espère qu'au 100 mètres nous pourrons bientôt imaginer des couloirs réservés aux Blancs ou aux Asiatiques, afin que tout le monde puisse s'identifier à courir vite. N'importe quoi !

Nous sommes dans un monde profondément capitaliste et concurrentiel. La règle du jeu est de prendre la plus grosse part de marché possible. Plutôt que de partir dans des diatribes infinies sur les quotas, il suffit d'observer les monopoles de l'audiovisuel. La télévision est préemptée par six présentateurs-producteurs : Michel Drucker, Cyril Hanouna, Arthur, Laurent Ruquier, Nagui et Laurent Delahousse.

On ne peut pas en vouloir à ces personnalités de s'être donné autant de taf dans le PAF.

Il s'agit de six hommes à la capacité de travail immense, de toutes générations, de différents milieux. La diversité est là. Mais cet exemple est criant de ses absentes. Il démontre, comme le soulignait Christiane Taubira, que les hommes n'ont jamais fait l'expérience de la minorité. Or, permettre la présence de femmes à des postes décisifs, c'est faire avec l'histoire de l'ensemble des inégalités. C'est parce que les femmes ont vécu l'injustice dans leur chair qu'elles peuvent, par ricochet, combattre toutes ses formes, quel que soit le motif de discrimination. C'est en cela que l'exigence de parité est essentielle. « La femme est le Nègre de l'humanité », a écrit John Lennon[41]. Pas faux.

Cause

« Au nom de la cause » – l'adaptation du film est à réaliser.

C'est l'argument phare des idéologies communautaristes. Tout en se voulant motrice du développement personnel, les afro-féministes brandissent la pancarte de « la cause ». Notion qui empêche pourtant réflexions et recherches. En son nom, comme dans la plus rigoriste des vies monastiques, les échanges hors de la communauté sont une faute.

Martin Luther King, qui a joué un rôle majeur pour l'égalité aux États-Unis, se voit régulièrement, même après son assassinat, accusé d'avoir fragilisé la cause. Parce qu'il est non-violent, il est assimilationniste. Parce qu'il a changé de nom[42], il est pour le déracinement, contrairement à Malcolm X, dont la lettre du patronyme dénonce la déportation. Parce que son père est un pasteur bourgeois, son statut social rend son engagement suspicieux. Parce qu'il sort avec des Blanches, il est certain que ses désirs ne vont pas dans le sens de la cause. Enfin, parce qu'il préfère dire « américain » plutôt « qu'afro-américain », et parce qu'aujourd'hui une journée nationale lui est consacrée aux États-Unis, il y a anguille sous roche d'une collaboration avec l'*establishment* blanc. Bref, parce qu'il prône la tolérance, le dialogue, la paix et l'amour, c'est un suppôt des dominants.

Les contours de la cause sont flous, permettant d'endosser les méthodes des tribunaux populaires sous Staline. Toute expression personnelle est considérée comme scandaleuse, stérile ou hors sujet, et si elle vient d'un Noir, c'est tout simplement une traîtrise. Au nom de l'émancipation du « peuple noir », la cause enferme dans une idéologie sectaire.

La cause sous-tend l'idée d'une bataille au nom du bien, incarnée par un leader. Conformément au régime dictatorial, le culte de la personnalité fait partie du dispositif. Il suffit de parcourir Twitter pour comprendre que ses fidèles, tirailleurs sénégalais des réseaux sociaux, réagissent avec vigueur dès que l'on touche à un cheveu virtuel de leur icône. Étrange manière de sortir d'Égypte par la hiérarchie pyramidale.

L'affaiblissement de la cause atteint son paroxysme au sujet des Métis, ou plutôt des racés. Pour les défenseurs de la cause noire, comme pour les idéologues d'extrême droite, le « mariage mixte » et le métissage qu'il promet sont une stratégie mise en place par les Blancs. Sous couvert d'une façade de tolérance, de paix et d'amour dont les Métis seraient l'incarnation, il s'agirait d'une stratégie de domination des Blancs pour diluer la cause.

Le terme « monstre » revient souvent chez les identitaires pour définir ces individus nés de rencontres interraciales. Les « causeurs » ne voient dans les symboliques d'union et d'amour qu'une unité de façade. Le Métis, cet être nouveau qu'ils n'appréhendent qu'en noir et blanc, n'existerait que pour témoigner « que le Blanc aime les étrangers, et que les étrangers l'aiment[43] ». Je serais donc la preuve vivante que le Blanc n'est pas raciste. Comme si mon père n'avait pas son mot à dire.

Ensuite, en grandissant, j'aurais la mission d'aller dans le sens du Blanc. Sous couvert d'être sa Métisse d'Ibiza, je ne serais qu'« une arme du pouvoir ». Le métissage est une stratégie de blanchissement. Pour les « causeurs », les Métis rendent obsolète le mot « race », que le Blanc a lui-même inventé, pour redorer son blason de tolérance. Le Blanc (ma mère ?) aurait voulu faire de moi « [le modèle] de son projet pour l'ensemble des indigènes[44], celui de leur assimilation, de leur dissolution dans son modèle de civilisation[45] ».

En somme, comme l'exprime Romain Gary, « la seule solution du problème noir est entre les cuisses des Blanches[46] ». Les Métis existeraient pour être contre les Noirs. Je serais parmi les meilleurs de ces « évolués ». Le Blanc octroie donc des privilèges aux Métis, « nous cite[rait] en exemple[47] » lorsque nous nous démarquons des nôtres en devenant ses complices.

La cause impose le radicalisme : le Blanc ou le Noir. Elle exècre les Marrons[48] et autres nuances indépendantes d'un clan. La preuve par ce message reçu sur mon compte Twitter : « Il y a trop de Métis qui ne sont racisés que quand ça les arrange. C'est-à-dire pour avoir accès à certains espaces. Alors qu'en vrai vous êtes apolitiques, voire même du côté de la suprémacie blanche. C'est normal que les personnes racisées non métisses soient méfiantes envers vous, votre opportunisme et l'absence flagrante de loyauté, envers vos soi-disant frères et sœurs racisés, justifient largement qu'on vous rejette. On ne peut pas jouer sur les deux fronts : colon/colonisé. Être racisé, c'est une expérience, pas une posture. Cela fait des siècles qu'on utilise les Métis pour blanchir les peuples indigènes et effacer les histoires et identités des peuples colonisés.

Quand tu célèbres ton côté blanc, en prétendant que c'est l'équivalent de célébrer ta culture indigène, tu rajoutes des braises au feu de l'impérialisme suprémacie blanc, rien de moins, donc tu affaiblis la cause. »

J'ai dû répondre : « Cause toujours, tu m'intéresses. »

Au nom du bien, « la cause » justifie une forme de *jus ad bellum*[49]. Dans ce cadre, le *jus in bello*, c'est-à-dire la justice du comportement des intervenants pendant le conflit, n'a pas de place. Au contraire, tous les moyens sont bons parce que la cause, c'est la cause, et qu'il ne faut pas la fragiliser. Il est donc juste d'être racialiste comme l'ont été les Blancs. La vindicte est la loi. La finalité de la cause n'est pas de faire bouger les lignes. Il s'agit de l'invoquer dans l'infinité d'un présent. Elle est la consécration d'un conflit sans issue.

Or, la bataille est anachronique. Le monde, tel qu'il est configuré, est animé par plusieurs enjeux. Les causes sont multiples, contradictoires et surtout sont à conjuguer pour bâtir un monde vivable en partage. Plus personne aujourd'hui n'est animé par une seule et unique cause. Crises économiques, culturelles, sociales, environnementales, sanitaires, la transversalité est en mouvement, faisant de nos problématiques des causes communes.

Mais au lieu de réparer, la cause est faite *pour se souvenir de ne pas oublier de penser à jamais* à la vengeance d'un conflit dépassé. Or, la même cause produit les mêmes effets, voire l'absence d'effet.

Les États-Unis sont alors plus utiles à la cause que la France. Dans notre vieille Europe universaliste, les enjeux s'éteignent. Il faut donc redoubler d'efforts pour trouver des sujets de mobilisation faisant vivre les polémiques racialistes.

Black face[50], bijoux Mango[51], Black Lives Matter[52], erreur de prononciation d'un nom de famille[53], tous les sujets sont bons pour surréagir.

Autres moyens efficaces pour maintenir le mythe de la cause : les tendances complotistes et paranoïaques. Pour exister, il faut avoir des ennemis. Ils sont les seuls à empêcher la cause de mourir. Ils sont aussi un gage de visibilité. S'offusquer est alors une nécessité vitale, d'où l'importance de faire passer un regard pour une injure, un bon mot pour une moquerie ou la volonté de dialogue pour du harcèlement. Cela vaut au moins 5 000 *likes* ! La cause est là pour projeter sur toute chose violence et racisme.

Elle permet surtout de faire l'impasse sur la pensée. Ici, le militantisme est fixe depuis des décennies. Il n'y a donc aucun besoin de travailler ou de « faire de son mieux ». Alors, si toute émulation intellectuelle est impossible, effectivement, il est préférable que l'on ne se cause plus.

Nous sommes des êtres parlants. Le langage, dit Lacan, scinde à l'intérieur de nous-mêmes. Les mots sont en confrontation permanente dans nos pensées intérieures. Ce morcellement est une souffrance. Il est alors préférable de nous savoir divisés à l'extérieur plutôt que de faire face à cette douleur intime qu'est le séparatisme intérieur.

Ainsi, les étiquettes identitaires sont confortables. Les perspectives sont limitées par un langage castré de son érection première, de sa fertilité, qui n'a comme secret que la confrontation de ce qui nous compose.

Les mots qui séparent ont la particularité – en signe d'étroitesse d'esprit – de n'avoir qu'une seule définition d'eux-mêmes. À force de les utiliser, nous sommes complices de leur succès. En leur offrant un caractère incontournable, nous participons au rétrécissement du dictionnaire. Or ces mots sont dangereux. Ils sont les meilleurs vecteurs de l'idéologie identitaire. Et « si on n'y pense pas, la langue, elle, y pense[54] » pour nous. Radicaux, ils anéantissent toute nuance.

Mots étranges que ceux dont la vocation est d'empêcher le dialogue.

En imposant des contours rigides à l'identité, ces mots contrôlent à la fois l'être et l'autre. Sous couvert d'égalité et de justice, il existe une pression sociale qui communautarise.

Un jour, on m'a dit que je ne méritais pas ma couleur. Qui dois-je être exactement ? Ce qui est attendu de moi, c'est d'être racisée, afro-descendante, intersectionnelle, faisant partie d'une minorité, une proquota qui déteste les Souchiens. Ici la violence première est d'interdire le droit à l'autodétermination tout en prônant le décolonialisme !

Nous ne voulons toujours pas voir les tensions qui se jouent. Alors, on se raconte des histoires plus tolérables, on conforte son mandat, « jusqu'ici tout va bien ». Et, comme dans les vieux films hollywoodiens, on regarde défiler l'horizon en carton, sur une fausse route jalonnée de mots qui ne vont nulle part.

CHAPITRE 2

Les mots fourre-tout qui ne vont nulle part

Nos représentants politiques cèdent sur les mots.

Le malaise est triple. D'abord, nos élus n'arrivent plus à nous préserver des tensions identitaires. Ensuite, face aux argumentaires haineux, ils n'apportent comme réponse qu'un champ lexical de guimauve. Enfin, et c'est peut-être la pire des choses, la demi-molle linguistique arrive mal à dissimuler l'objectif électoraliste des bonshommes à la tribune. Frustrés ou fascinés par des communautaristes plus éloquents, ils s'expriment par des mots fourre-tout.

Mon professeur de droit international répétait constamment qu'on ne conquiert pas un pays avec des roses et du chocolat. De la même manière, dans cette période de tension, on ne peut pas, en tant que responsable politique, s'imposer sur Twitter avec des cœurs et des chatons mignons. Les élus accros aux éléments de langage n'arrivent ni à se faire entendre ni à contrer les pires idéologies.

En tant que conseillère politique, il m'est arrivé d'observer cette stratégie, ou tragédie, qui, sous couvert de mots sans conséquence, permet de se dégager de toute responsabilité.

Je pense souvent au travail de ces plumes qui tentent d'incarner la justice et l'égalité par des discours vides de sens.

Prenons, par exemple, l'inauguration de la station Rosa-Parks située sur la ligne du RER D, en région Île-de-France. Pour le choix de ce nom, il y a eu un vote quelque part au sein d'une assemblée. Puis, la préparation d'un discours en hommage à cette figure majeure de la lutte contre la ségrégation raciale aux États-Unis. Tout se passe comme si nous n'avions pas de personnalité de ce type dans notre histoire de France[1]. Nous célébrons une femme qui s'est battue pour ne pas être à l'arrière du bus en baptisant de son nom une station où personne n'a envie de descendre. Où est le symbole de la lutte contre la ségrégation si Rosa Parks n'est pas au cœur de Paris ?

« C'est déjà une avancée », m'ont dit les élus. Mais une avancée vers quoi ? Vers qui ?

Si ce n'est de conforter les haineux victimaires assoiffés d'Amérique.

Dans ce milieu endogame qu'est la politique, il m'était compliqué de faire bouger les lignes. Je me sentais un peu comme lorsque vous êtes invité à une soirée déguisée, et qu'une fois sur place vous êtes seul à porter un énorme costume orange de Casimir.

Tous les matins, je passais la porte sous un drapeau bleu, blanc, rouge. Et là, je croyais que Marianne m'attendait en haut de l'escalier en chantant « La Puissance[2] ». Mais une fois à l'intérieur, assise en réunion sur des chaises or et rouge, c'était autre chose. Je regardais sur la cheminée Louis-Philippe la pendule dorée étrangement arrêtée à 10 h 10 de je ne sais quelle année. La puissance, je ne la sentais pas du tout.

Un jour, j'ai eu le courage de leur dire que j'avais l'impression d'être Casimir. Ils m'ont répondu avec plein de mots fourre-tout, « inclusifs » et « bienveillants », que c'était « déjà une avancée ».

Petit à petit, j'ai appris à écrire des discours. D'abord, les remerciements saupoudrés d'acronymes. L'auditoire ainsi endormi, la porte est grande ouverte pour un ensemble de mots qui ne vont nulle part. Il faut bien embrasser la totalité d'un potentiel stérile, lorsqu'« il est urgent d'agir vite et que ça va prendre du temps ».

Ce qui prime, c'est la foire aux bons sentiments portés par des mots devenus sans vie à force de les utiliser comme des figures imposées.

Une dose d'ouverture, de modernité, de « progressisme », d'écologie et le tour est joué. Ainsi, au *green painting*, pour les préoccupations environnementales, correspond le *black washing*. De la même manière, le *gay friendly* a trouvé son pendant dans le *race friendly*.

« Diversité », « mixité », « collectif », « vivre-ensemble », les mots creux sont si légers à dire que nous les colportons sans nous en rendre compte. À ces mots vides correspondent des actes inactifs où seules les fameuses « annonces » permettent de croire qu'un discours morbide est vivant.

Un lundi matin de février 2019, en réunion de cabinet, juste après que des croix gammées ont été taguées sur le visage de Simone Veil[3] peint sur des boîtes aux lettres pendant le week-end, le directeur de cabinet prend la parole sur un ton grave :

« Bon les amis, là c'est la merde, le racisme, l'antisémitisme tout ça. Il faut agir, faire une action forte pour arrêter les fachos et montrer que la municipalité veut et peut faire changer les choses. »

Au fond de la salle, un conseiller lève la main.

« Oui, Maxime, tu as une proposition ?

— Oui, j'ai pensé : si on faisait une Marianne avec la tête de Simone Veil, du coup ? »

Silence pesant. L'attente de l'approbation est insoutenable.

« Mais oui, génial ! Appelez tous les sculpteurs du département, qu'on nous livre six tonnes de pierre de taille, je veux voir Simone Veil en Marianne partout, dans toutes les mairies, dans toutes les écoles, les hôpitaux, les jardins, les squares...

— À la station Rosa-Parks ? demande une conseillère.

— Oui, absolument, y a pas de raison ! L'égalité, c'est fait aussi pour personne. »

Malgré tous mes efforts, ma moue n'est pas dissimulable.

« Tu as une chose à ajouter ? me demande le directeur de cabinet.

— C'est-à-dire que l'action forte face à la haine, c'est une statue ?

— Ben oui, c'est Marianne avec le visage de Simone Veil.

— C'est un truc immobile, quoi ?

— Oui, c'est une statue, le symbole de la France.

— Donc on agit figés, quoi ?

— Ben, c'est déjà une avancée ! »

Fin de la conversation. Il faut faire partir le communiqué de presse.

Si j'étais un facho haineux, avec un marqueur à la main prêt à dégainer des croix gammées sur les boîtes aux lettres, et que je me retrouvais face à la sculpture de Simone en Marianne, franchement c'est sûr, j'arrêterais tout de suite de déconner, je me tiendrais à carreau, je dessinerais plutôt des cœurs et j'écrirais même sur les boîtes aux lettres des hashtags #MixitéDuMonde #InclusionPourTous #VivreEnsembleAvecLaPoste #SimoneForever #LaDiversitéAJamais.

Conséquence des agendas politiques, les mots fourre-tout se dandinent un peu partout. Ils s'offrent même des moments de gloire dans les titres de conférences nationales et internationales. La francophonie est un levier formidable pour donner un écho planétaire à ce dérèglement sémantique.

Vivre-ensemble

Dans la vie privée, on utilise « vivre ensemble[4] » pour une liaison amoureuse qui s'officialise. Cette expression a pourtant connu une ascension fulgurante dans le domaine public après les émeutes des banlieues de 2005. Face au terrorisme, à la radicalisation, au dérèglement climatique et aux pandémies, le « vivre-ensemble » trône en première place des discours politiques.

Micros ouverts, larmes aux yeux à l'attention de toutes et tous, les élus affirment, d'une voix blanche, que face aux tensions leurs villes travailleront de concert pour le vivre-ensemble. L'émotion en tribune est palpable grâce à l'article « le » devant le verbe « vivre ».

Parfois, pour l'effet de surprise, le « faire société » fait l'affaire. Dans les deux cas, la suspicion d'un langage petit-nègre s'éteint. Notre représentant en tribune, écharpe bleue, blanc, rouge sur le torse, sait de quoi il parle.

Or, ne pas conjuguer le verbe, c'est l'arracher à sa fonction même, qui est l'action. Dire « nous vivons ensemble » permet de s'interroger sur la mise en œuvre de la fraternité.

Le vivre-ensemble réel n'est-il pas de savoir nous conjuguer, comme dans la vie conjugale justement ?

Mais, avec la hausse des divorces et la désillusion du couple, comment peut-on se plaire à décréter le vivre-ensemble ?

L'exiger sans prémisses, sans savoir qui l'on est, ni ce que l'on veut, est une utopie.

Si je ne me supporte pas moi-même, au nom de quoi les autres le feraient-ils pour moi ?

Sans jamais parler de « tout ce qui nous sépare », voici une belle invitation à faire un petit bout de chemin ensemble pour n'aller nulle part.

Plus on parle de vivre-ensemble, plus les replis identitaires se cristallisent. On ne s'aime pas, voilà tout. Le malthusianisme comme la « théorie du grand remplacement » en sont les preuves. Nous vivons « sur les nerfs, la moindre étincelle peut mettre le feu aux poudres. Cela ne tient que par la routine, par habitude[5] ». Le vivre-ensemble reste le placebo générique d'une pensée qui ne panse rien.

Aucun engagement, aucune responsabilité, l'important est d'avoir bonne conscience.

Or, pour arriver un jour à nous donner la main, il faudrait regarder en face ce qui cloche entre nous. Dans l'espace public, la relation n'est jamais envisagée. La rencontre semble absente du champ. Comment pouvons-nous vivre ensemble dans cette République si on ne se voit pas, si on ne s'entend pas, si on ne s'écoute pas, si on s'en fout royalement ?

Bercés par le rythme d'une expression sans destination, nous avons trouvé le moyen terminologique d'oublier nos solitudes juxtaposées : vivre-ensemble. L'intranquillité s'éteint. Comme des bienheureux, nous nous endormons les uns contre les autres, pour vivre seuls, ensemble.

Diversité

Un beau matin, sans prévenir personne, ils ont décidé que j'étais de la « diversité ». Lorsque je dis « ils », je ne sais pas qui exactement. Il y avait une sorte de petite musique qui disait : « Il faut des gens de la diversité. » *A priori*, des gens comme moi.

Certains ont pris le temps de requalifier ma peau, comme ça, tout seuls dans leur tête. C'était comme pour le tirage au sort d'un jeu auquel on n'a pas participé. À cette époque, je ne réalise pas l'impact de ce qui m'arrive parce que je ne suis pas née comme ça, en étant de la diversité. C'est venu après, avec l'âge, Barack Obama et le monde post-racial.

C'était très flatteur, autant d'attention d'un seul coup. Pour les élections, on me plaçait au-devant de la scène. Mais je pensais aussi à ma tradition familiale et à mon grand-père, qui disait toujours : « Pour vivre heureux, vivons cachés. » Alors je ne savais plus comment m'exprimer, de peur que l'on découvre mon imposture. Je me taisais comme une plante verte à cause de l'écologie. Il fallait que je sauve ma peau.

La diversité est le « caractère de ce qui est divers, c'est-à-dire qui présente des critères de nature ou de qualité différentes. Synonymes : pluralité, variété. Contraires : concordance, uniformité, monotonie, ressemblance » (dictionnaire Larousse).

Si je comprends la nécessaire pluralité, je ne vois pas en quoi je serais dans la case de ceux qui ne ressemblent à personne. Alors que mon voisin, qui est très roux, n'est pas envisagé par les dispositifs de biodiversité. Il est pourtant en voie de disparition à cause du réchauffement climatique.

Pourquoi ma peau ? L'harmonisation avec nos ressemblances planétaires entraîne une crise de l'identité. Or, il faut bien continuer de se différencier. La disparition du mot « race » a laissé un vide sémantique. Le terme « diversité » en est sa copie non conforme. C'est à la mode de ne plus appeler un chat un chat ; de la même façon, « multiculturalisme a été substitué à communautarisme[6] ».

Notre responsabilité n'est-elle pas d'anéantir, par le dépassement de soi, toute idée d'identification par la peau, nappage consumériste, égotique… raciste ?

La diversité est la catégorie des personnes qui ont la peau de « ceux qui n'ont inventé ni la poudre ni la boussole. Ceux qui n'ont jamais su dompter la vapeur ni l'électricité[7] ». Elle se fonde sur une idée de la race pour donner une assise à la revendication de droits. Cette niche en préfabriqué consolide le dogme des identitaires. Tout en achetant la paix sociale, la diversité offre une base solide aux quotas.

Dans la création, elle a permis la mise en place de commissions d'aides publiques qui ont pour objet de soutenir des projets « de la diversité » – pour faire simple, des projets de Noirs et d'Arabes. *A contrario*, les autres sont sans doute destinées aux Blancs.

Plus besoin de compétences, ce qui compte c'est la « représentativité de la diversité[8] ». Ici le packaging est fondamental, même si la nullité est la même. La diversité n'a pas vocation à mettre au travail. Le système épaule sur une base essentialiste.

Beaucoup de fonds de soutien lui sont consacrés. Elle doit donc convaincre d'un nouveau besoin, sous couvert d'intérêt général : l'identification. Celle-ci serait essentielle à la construction des plus jeunes. Virer un chroniqueur noir devient alors profondément injuste pour les petits enfants noirs. C'est ainsi que la diversité rend indéboulonnable. Et ça marche, « le mot vit, le mot se vend[9] ». Certaines personnes seraient même « issues de la diversité », un nouveau pays.

Si, comme le dit Édouard Glissant, « la différence est l'avatar que l'Étant essaie d'imposer à l'Être[10] », la diversité est une *fake news* que l'ego impose au *selfie* de l'être. Ce monde d'images joue en la faveur de la diversité. Car, dans les coulisses d'une œuvre, cette catégorie s'éteint : le sang est rouge, l'encre est noire.

La peinture, l'écriture, la musique, la danse, la recherche, les sources des savoirs caressent un point aveugle où nous sommes tous dans l'ombre de l'universel. La création atteint son objectif lorsqu'elle devient pour les jeunes ce modèle impossible à atteindre, l'Autre, avec un grand A. L'artiste propose précisément de s'affranchir de « la diversité ».

Pourtant, avec sa consécration, nous nous contentons d'une couleur que nous n'avons même pas choisie, mais qui suffit à faire le job. Nous n'allons nulle part. Nous ne dépassons rien. C'est même l'inverse, tout dépassement est un risque d'exclusion de cette case. La diversité se cantonne à certains territoires. Elle en exclut d'autres. On arrose l'herbe là où elle est mouillée, là où la diversité est un pré carré de la précarité : les quartiers dits populaires. Comme elle implique d'être conforme à une certaine idée de l'immigration, elle engendre une homogénéisation au sein même du concept. Les gens de la diversité sont donc tous pareils. Elle exige d'être le cliché de soi-même. Complice du « hors les murs » et de l'inclusion, la diversité n'a d'autre finalité que de démontrer la bienveillance d'un système. Nous avons effacé la race, mais nous avons gagné un mot qui ment en l'avouant dans le même temps.

La diversité est un danger. Elle ne va nulle part. Elle n'est nulle part puisqu'elle n'est pas partout. Elle participe surtout à cette nouvelle langue qui dit n'importe quoi de nous.

Mixité et non-mixité

La mixité est un mot fourre-tout très utile. Lorsqu'il se trouve dans le discours de l'élu qui le prononce, tout le monde peut se sentir concerné. Nous aurions désormais une responsabilité à nous mélanger. Sauf que nous sommes déjà mixtes, depuis des générations.

Selon *Le Petit Robert*, la mixité est formée d'au moins deux éléments de nature différente. C'est le cas de toute chose vivante.

Aujourd'hui, la mixité vaut pour tout : des cuisinières mixtes, électrique et au gaz, des sandwichs mixtes, avec du jambon et du fromage, des crèmes pour peaux mixtes, qui comprennent des zones grasses et des zones sèches.

À vrai dire, on ne sait plus sur quoi porte la mixité. Ethnique, culturelle, religieuse, sexuelle… Une école mixte, est-ce une école proactive sur la mixité sociale ou une école de filles et de garçons ? Un mariage mixte, est-ce une union de personnes d'origines différentes – ce qui est toujours le cas, sauf à se marier avec sa sœur jumelle – ou de sexes opposés (ce qui n'empêche pas les membres du couple d'avoir ou d'avoir eu des relations non mixtes, c'est-à-dire homosexuelles, offrant de la mixité au mariage mixte ici présent) ?

Au-delà du flou, le terme « mixité » souligne un certain progressisme. On ne dit pas d'un stylo quatre couleurs créé en 1969 qu'il est mixte. La mixité, c'est la modernité !

Pour mettre en œuvre cette mixité, les Afro-descendantes ont décidé de créer des réunions en « non-mixité[11] ». La raison est simple : elles n'arrivaient plus à se parler entre elles. Preuve que nous avons progressé en termes de mixité.

Les réunions en « non-mixité » ethnique sont des rassemblements interdits à tous les hommes en général, aux femmes blanches en particulier. Ces événements font toujours grand bruit. C'est fascinant, la non-mixité de la diversité.

J'en ai fait l'expérience. Ce qui m'a donné l'idée du scénario d'une série à petit budget, *Demain nous Apartheid*. Il n'y aurait qu'un seul décor : l'établissement accueillant des Afro-descendantes, sur lequel est gravée la devise « *Fluctuat mec negritur* ». Dans cette création originale, les personnages travailleraient leur look d'Afro-descendante sur le bout des ongles, wax, créoles aux oreilles, foulard sur la tête et fond de teint plus foncé que la couleur de leur peau. Leur enjeu étant de montrer patte blanche pour rentrer dans la non-mixité. Dans ce lieu dédié, les afro-féministes s'exprimeraient sans crainte de toute domination. Séparées des Blancs, elles afficheraient fièrement une forme d'archaïsme qui les protège.

De l'égalité naît le ghetto. Sous couvert d'inclusion, les afro-féministes excluent. En faveur de la mixité, elles cloisonnent. Au nom du décolonialisme, elles reproduisent les temps ségrégationnistes

– exprimant une sorte de frustration d'être nées trop tard. La non-mixité fait de la cave des victimes réelles le décor sensationnel de sa promotion. En somme, le *safe space* est à l'afro-féminisme ce que le Puy du Fou est à la Vendée.

Cet entre-soi gargarise la victimisation et cristallise l'homogénéisation de la pensée, comme si tous les Noirs venaient du *Meskina* Faso[12].

Or, les diasporas sont sporadiques. Mettre en place des réunions non mixtes en croyant que les Noires sont toutes pareilles est la réalisation d'un fantasme raciste.

Bienvenue aux homogènes de la République !

Il n'y a pas plus mélangées que les personnes originaires du continent africain. Leur histoire n'est faite que de déportations, de colonisations et de migrations. Les peuples aux ethnies revendiquées parlent mille langues, croient en mille choses, de l'animisme au syncrétisme, pratiquent à leur sauce une pluralité d'islams, de catholicismes, de protestantismes et de judaïsmes. Ils vivent sous tous les climats, sur tous les continents. Au Sénégal, par exemple, il y a les Peuls, les Wolofs, les Sérères, les Toucouleurs, les Diolas, les Mandingues, donc autant de coutumes, de traditions, d'histoires, de religions, de croyances et d'imaginaires.

C'est donc grâce aux français, langue coloniale qui structurent notre pensée, que les mouvements décoloniaux arrivent à se comprendre.

Les réunions en non-mixité laissent supposer que l'on y parlerait de sujets inédits pour faire bouger les choses.

Mais faire bouger quoi si on est enfermé par soi-même ?

La colonisation et l'esclavage ne sont-ils pas inconsolables ?

Alors, parler de quoi ?

On aura beau faire mille conférences sur le sujet, les questions qui se posent (ou plutôt qui ne se posent pas) n'auront jamais de réponse.

« Où se trouve-t-on alors ? Où se trouver ? À qui peut-on s'identifier pour affirmer sa propre identité et se raconter sa propre histoire ? À qui raconter d'abord ? Il faudrait se constituer soi-même, il faudrait pouvoir s'inventer sans modèle et sans destination assurée[13]. » Ces interrogations de Derrida sont celles de l'Être, quelle qu'en soit la peau.

Le glissement vers des sujets afro-descendants n'est qu'un indice des lacunes qui confortent l'image du Noir ignare. Le *buzz* a des connaissances que la connaissance ignore.

La non-mixité consolide un fantasme. Elle donne corps à une idéologie sans dessein, si ce n'est de faire passer les combats des Black Panthers pour les siens.

On me retournera le fameux argument de l'identification.

Mais à qui ?

S'identifier à soi-même dans le regard de soi-même ?

Ou encore s'identifier au leader de la non-mixité, qui serait un repère ultime pour des âmes perdues voulant désespérément être afro-descendantes, donc certainement pas elles-mêmes ?

Les réunions en non-mixité permettent de conforter des groupuscules réunis autour d'une personne qui bourre le mou à d'autres, afin de renflouer leur fonds de commerce, sous l'apparence d'un développement personnel.

L'injonction se mêle à la condescendance : « Ne reste pas à ta place[14]. »

Certes, mais à quelle place ? N'est-ce pas un cliché raciste que de me voir à celle d'une subalterne, parce que je suis noire ?

Mixité et non-mixité ne vont nulle part. Elles légitimisent même le fait de ne mener à rien.

La preuve, plus on est mixte, plus on a accès aux réunions en non-mixité. D'ailleurs, avec l'extension du concept à tous les sujets, je suis débordée : réunions des femmes, des femmes blanches, des femmes noires, des juifs, des juives, des musulmans, des musulmanes, des enfants d'immigrés espagnols, des sportifs, des juristes, des juristes femmes, des auteur.e.s, des comédiennes, des comédiennes de plus de 40 ans, des scénaristes… Pour ne pas gâcher mes droits d'exister, je ne fais plus que ça, la non-mixité. Attention à mes absences au boulot, ça serait dommage de perdre ma place à force de ne pas y rester[15].

La non-mixité n'existe pas. Nous sommes racées.

Certains artistes et psychanalystes ont travaillé précisément sur l'identité, celle dont on hérite, qui est différente de celle qui est vécue. D'autres encore se sont penchés sur leur « identité-intimité ». Romain Gary (Émile Ajar) a consacré sa vie à ce sujet. Il affirme qu'il n'a qu'une seule peau et ce n'est pas la sienne[16] ; parce qu'il décolle son héritage de son être profond autant que de sa réalité qu'il met en scène. Nous sommes des êtres fragmentés, multiples, protéiformes, hétérogènes, qui nous adaptons en permanence à des rôles et des conditions pour des raisons sociales, comme peuvent le faire les Barbapapa[17].

C'est la souffrance de la division interne qui est masquée par l'alibi des colonisations fautives. L'esclavage comme la colonisation ne sont pas à la source de tous les maux. On peut aussi être esclave de soi-même et colonisateur de sa communauté.

Sous leur peau sociale, les Afro-descendantes en ont une autre, dont elles ont peur et dont elles ne parlent pas.

C'est la peur qui les fait revenir à la langue du maître.

C'est la peur qui les rhabille de la peau que le raciste leur a peinte.

Chaque prise de parole publique est empreinte de cette peur sous la peau.

L'incompréhensible et l'illisible en soi sont terrifiants, mais pas autant que le confort des réunions en non-mixité qui obligent à s'appauvrir de soi-même.

La mixité comme la non-mixité ne permettent pas d'envisager nos morcèlements. Elles ont pour complices les collectifs qui tentent de garder la face en faisant taire nos solitudes.

Collectif

Collectif des Abeilles à Paris, collectif Publiez ce que vous payez, collectif du Prêt-à-porter conscient, collectif Plein air pour l'élevage des cochons heureux, collectif des Nœuds papillons, collectif des Collectifs pour la convergence des luttes, et j'en passe...

Il existe des collectifs pour tout. Lorsque l'on se veut être une minorité, le nombre est la garantie du bien.

Mais cette justification sert-elle à quelque chose ?

Le collectif est-il un rassemblement véritable ?

Va-t-il dans le sens du partage ?

Fait-il bouger les choses ?

Rend-il le monde moins individualiste ?

Noire n'est pas mon métier est un ouvrage dit collectif. Nous y étions libres de nos regards différents sur les maux et les choses[18]. C'était la force de ce livre, face à certains qui ont à cœur de nous « corneriser » dans la monochromie virtuelle de leur imaginaire dépassé.

Puis, nous avons mis en place notre collectif[19]. Et tout a basculé.

Au nom de la cause, l'ingérence dans les libertés individuelles devint un accord tacite. Il fallait des « réunions du collectif » (la redondance de l'expression aurait dû m'alerter) où nous devions tenir le même discours, avoir le langage de racisées, d'Afro-descendantes – les mots[20] qui séparent aiment se déployer dans les collectifs. Bientôt, on parlerait de la couleur des pansements, des plâtres ou des masques[21], et de l'identification des enfants racisés.

Le dogme et les valeurs de l'association maquillent les blessures de l'ego. Alors des cloisons se dressent au milieu du groupe et donnent naissance aux enjeux de pouvoir. À tout collectif, il faut un chef. À toute prise de parole, une validation.

Quel est le besoin : l'identification ou être identifié ?

Le soi-disant besoin d'identification du petit enfant noir permet d'instrumentaliser l'enjeu. L'imaginaire d'un enfant n'a pas besoin d'être « décolonisé ». Il se projette dans tous ses héros, qu'ils soient blancs, noirs, jaunes ou verts, comme Winnie l'ourson et Shrek[22].

Être identifié, en revanche, assoit une place dans les médias et nourrit un culte de la personnalité. Au leader en *pole position*, tous les Noirs sont assimilés. Prise d'otage.

Lors de la cérémonie des Césars du 28 février 2020, Aïssa Maïga a enfermé ma peau dans sa parole.

À travers l'actrice, c'est tout un collectif qui a montré du doigt la « famille » du cinéma. Outre l'impolitesse du geste, désigner et compter les Noirs dans la salle est la garantie d'avoir le statut de Noire *ad vitam*. Étrangement, pour cette prestation, pas de validation du collectif. Étonnant, pour un discours qui prône l'inclusion. D'autant que la comédienne n'a pas été présentée en son nom, mais avec le titre de présidente du 50/50[23]… Un autre collectif ? Alors qui « fragilise la cause » ?

Je me suis rarement sentie aussi seule devant mon écran. Pourtant, nous avions le potentiel pour travailler à quelque chose de noble. Ce discours si antinomique avec ce que nous avions impulsé à Cannes n'était que la négation de chacune d'entre nous. Il n'y a jamais eu autant d'artistes dits de la diversité aux Césars. « À vaincre sans péril, on triomphe sans gloire. »

Cette soirée a couronné l'indécence par le pillage de ce que nous avions pu partager. Je me rends compte aussi que la maternité de ce titre, *Noire n'est pas mon métier*, a été reconnue pour la première fois dans *L'Express*[24] par un mâle blanc dominant, Raphaël Enthoven.

Sororité ? Un titre d'ailleurs que je n'avais plus le droit d'utiliser. Le collectif empêchait donc de m'approprier mes propres mots.

C'est le « nous », le bétail, qui est la valeur suprême du collectif. L'utilisation d'un « je » indomptable est banni. Le collectif est la consécration d'une impuissance personnelle autant qu'une castration individuelle ; y dire « je peux » deviendrait une insulte aux racines ancestrales. Pourtant le je est nécessaire au nous, sous peine de jouer le jeu du monde justement, en rendant impossible toute forme de conjugaison. C'est du balancement entre je et nous que naît l'articulation nécessaire au mouvement propre aux hommes et femmes debout. Le collectif cache une peur. « Chacun est entouré de millions de gens et c'est ça la solitude », dit Gary (Ajar)[25]. Le collectif ne va nulle part. Il ne permet plus d'aller vers soi-même et n'envisage pas l'autre en niant l'existence du je. Ironie d'une situation où des actrices se détournent du « jeu », préférant la censure au théâtre. C'était pourtant notre métier.

Lors d'un événement pour l'égalité femmes-hommes, un élu a pris le micro : « Mes chères ami.E.s (*il appuie sur le E, rires de la salle*) et chers amis (*pas de rires*), je suis particulièrement heureux que ce rassemblement puisse avoir lieu pour le vivre-ensemble, dans l'ouverture, l'inclusion et la diversité (*il me regarde, tout content*). La mixité, dans la bienveillance, porte les valeurs inspirantes que nous défendons. C'est pourquoi nous avons décidé de créer un collectif d'associations qui puisse animer cet espace au quotidien. Je passe la parole à notre marraine, que je remercie de sa présence. » Fièrement, il me tend le micro. À partir de là, je ne me souviens plus de rien. Je me suis évanouie et retrouvée les jambes en l'air dans le fourre-tout des salles municipales, la fameuse bien nommée salle polyvalente.

Cette langue n'est pas la mienne. Elle me donne un tournis effroyable, provoquant une réaction épidermique et psychologique par capillarité.

Les modifications de notre environnement lexical ont un impact sur notre santé mentale. Nos mots de vie, toujours plus aseptisés, sont un facteur de sous-développement majeur. À force d'utilisation, notre corps, notre langue ne savent plus distinguer ce qui a du sens de ce qui n'en a pas. Nous passons de déséquilibrés à désorientés.

La violence de leur déni rend fou. Les mots fourre-tout sont enfermés dans des prisons idéologiques faites de murs d'impuissance. Ils ont vocation à démontrer l'appartenance au clan du « bien » dans l'abstinence de l'action.

Nous avons, comme le dit Césaire, « la même pauvre consolation que nous sommes des marmonneurs de mots[26] » – des beaux parleurs, tout contents de notre incapacité à regarder la souffrance infinie qui reste chaque jour à réparer entre nous.

Ces mots instillent une terreur sourde qui s'installe en empêchant tout mouvement, autant qu'une violence qui anéantit toute possibilité de construction. Ils ne vont nulle part.

Je ne ferai pas la paix, puisque nous sommes en guerre, autant dire le mot. Mais je ne ferai pas la guerre sous couvert de bienveillance. Le champ de bataille lexical mérite notre vigilance. Les mots doivent dire quelque chose, signifier, répondre, pour aller quelque part ou le tenter au moins. Les mots se disent, se lisent et relient nos solitudes muettes. « Si on ne peut pas changer les choses, on change les mots », a dit Jaurès[27]. Je veux croire qu'en changeant les mots, on change les choses. Pour donner une direction, ils doivent garder en eux la trace de ce qu'il faut consoler d'insoluble et d'inconsolable.

CHAPITRE 3

Les mots qui réparent

La réparation est douloureuse. Elle donne réalité à l'« expérience de la blessure[1] ».

Trahisons, violences, humiliations, injustices jalonnent nos vies. Il n'y a pas de construction (reconstruction) sans cette épreuve qu'est la réparation.

Elle fait mal parce qu'elle impose de reconnaître – ou de faire reconnaître – une fracture.

Le déni, qu'il soit confortable pour soi, ou intolérable chez les autres, empêche toute forme de réparation. Le négationnisme « passif-agressif » que sous-tendent le vivre-ensemble et la bienveillance retarde en douce la cicatrisation.

Ce chapitre s'inscrit dans un refus d'effacement des traces. « Réparer ne peut se faire sans l'irréparable, l'inconsolable et l'irréconciliable[2] », affirme Derrida. Pour le philosophe et psychanalyste Stéphane

Habib, il « n'y a de réparable que de l'irréparable[3] ». Le rétablissement, c'est ainsi arriver à vivre – à se voir vivre – après le pire[4]. C'est terrifiant.

La réparation laisse entrevoir la fin d'une période. Elle implique le changement de certains repères (même intolérables) et nous confronte à notre capacité à pouvoir s'engager dans un long processus. Elle oblige à sortir de notre place de victime par le détachement d'une emprise, par la rupture d'une souffrance. Elle dessine l'horizon pourtant attendu de la perte du bourreau ou, plus terrifiant encore, la disparition de son complice que nous sommes parfois. Elle oblige à faire le deuil. Il n'y a pas de réparation possible sans souffrance et sans larmes.

C'est un combat difficile avec et contre soi, pour soi en lien avec les autres. La réparation est faite d'échecs, de découragements, de petites victoires, mais ce n'est en aucun cas revenir à un *statu quo* lorsque le processus est lancé. Après une fracture osseuse, il y a l'opération, la récupération, la rééducation, puis la consolidation. Mais la fragilité du membre cassé restera pour toujours l'indice de son histoire.

Après des violences psychologiques ou physiques, se reconstruire prend du temps. Ne pas laisser ce moment-là à la victime est un jeu perfide qui rend toute réparation impossible. Réparer ne se décrète pas.

Les étapes de la réparation sont identifiables. D'abord, la terreur avec l'envie de fuir, suivies du dégoût qui pousse au rejet. Puis, c'est souvent le sentiment de honte qui s'empare des victimes ; il faut oublier, se cacher, disparaître. La vie reprend ensuite le dessus, dans un mouvement de colère. L'agressivité exulte, motivée par le désir de vengeance. Or, la vindicte revient souvent, comme le disent les Canadiens, à creuser deux trous[5]. C'est à cet endroit que se trouvent les indigénistes. Réparer, ce n'est pas vivre avec l'amertume qui lie à l'agresseur, mais s'en émanciper. La colère des identitaires n'est que le carburant d'une situation de monopole des blessures. Grâce à ma négritude, ma judéité ou ma féminité, il serait facile de jouer sur une valeur ajoutée victimaire, se « mesurant au compas de ma souffrance[6] ». C'est précisément ainsi qu'aucune reconstruction n'est possible. C'est à cet endroit-là que je serais en danger.

Pour les identitaires, est-ce la perte du colon qui est intolérable ou celle de leur place dans les médias ? Certainement les deux. Puisque leur statut de victime est leur raison d'être, toute idée de réparation est improductive.

Évidemment, les « races » ont encore mal. Pardonner représente l'une des choses les plus complexes à atteindre sur l'échelle de la réparation, mais si l'on parle d'égalité, il est aussi le moyen le plus efficace pour déchoir le bourreau.

Par ailleurs, il n'y a pas de réparation sans tenir compte du contexte. La réparation implique d'être face à des réalités pour entamer le processus au bon endroit. Pour le rappeur Leto, « quand on nie les faits / Pour combler la faim, on a commencé par la fin[7] ». Et les mots qui réparent ne peuvent être déconnectés du présent que nous avons à vivre. L'heure n'est plus à la décolonisation de l'Occident. La ressusciter en permanence frôle la névrose masochiste, d'autant qu'une autre domination est en cours sur le continent[8].

Crise économique, crise sanitaire, crise des migrants, dérèglement climatique poussent à comprendre que notre temps est fait de lois inversées où les écrans rapprochent, où la sphère privée devient d'intérêt public, où l'OMC ne peut plus faire sans l'OMS et les droits fondamentaux, où la souveraineté des États a perdu de sa superbe, entraînant dans le même temps une crise de la représentativité. La communauté internationale prend aujourd'hui une dimension nécessaire qui se concrétise par une interdépendance individuelle. Prendre conscience de ce mouvement mondial permettrait de recoudre ce qui s'est déchiré dans nos humanités. Et parce que ce qui nous a blessé est aussi le reflet du monde, la réparation implique toujours une dimension politique[9].

Forts de nos fissures, nous avons su créer des mots aux vibrations ancestrales. Et c'est en sonnant, en résonnant, en parlant au plus profond de nous-mêmes que les mots réparent. Sur cette croyance, le metteur en scène Emmanuel Demarcy-Mota, qui dirige le Théâtre de la Ville et le Festival d'automne, a lancé il y a plus de dix ans des « consultations poétiques » où le patient est face à un médecin acteur. Il lui lit un poème, puis lui prescrit des textes à dire, matin, midi et soir, en fonction de ses symptômes.

Alors, encore des mots, toujours des mots ? Certes, mais comme s'interrogeait aussi Césaire, « des mots ? [...] ah oui, des mots ! mais des mots de sang frais, des mots qui sont des raz-de-marée et des érésipèles et des paludismes et des laves et des feux de brousse, et des flambées de chair, et des flambées de ville[10] », des mots lucides sur ce qui a détruit, de la grande ou de la petite histoire.

Ces mots n'ont aucune intention de faire le bien. Ils sont une attention. Ils nous prennent en considération et embrassent le monde dans tout ce qu'il a d'horreur et de bonheur. Ils réparent par le développement humain en mouvement.

Romain Gary (Émile Ajar) nous dit que « l'espoir exige que le "vocabulaire" ne soit pas condamné au définitif pour cause d'échec[11] ». Il est temps de prendre une bouffée d'espérance en trouvant des remèdes dans les mots eux-mêmes ou dans ce qu'ils désignent. Nous sommes humains et le propre de ce qui nous caractérise, c'est le langage dont l'outil principal, le vocabulaire, détient en lui d'infinies possibilités, nécessaires pour corriger, amender, s'insurger, imaginer, croire, s'étonner, s'émerveiller, partager, aimer et reconstruire.

Ils sont souverains. C'est-à-dire que rien qui ne se détruit par la parole ne peut se reconstruire sans la parole. Parce que nous parlons, ils nous entraînent dans un choix à faire, dans une décision à prendre.

« Ce que je suis tout au fond, est-ce que je dois le réprimer ou le libérer ?[12] » C'est de cela que parlent les mots de la réparation.

Ils sont à la fois la puissance du choix et le choix de la puissance. De cette responsabilité-là naît à nouveau l'action nécessaire à la reconstruction, puis à la construction.

Parce que nous n'avons pas tous les mêmes blessures, les mots qui réparent existent par milliers. Ici, la sélection est partiale : l'intimité, le silence, l'invisible, la création, la créolisation, le désir, les signatures. Mais tous font avec le passé et les mystères de l'âme dans leur complexité. Ce sont des mots fragiles dans leur ambivalence. Ils gardent les fautes en eux, pour en faire moins. Ils réparent, mais n'effacent rien.

Dans notre monde déchiré, les mots recèlent de quoi nous soigner. Ils sont les artistes de nous-mêmes.

Intimité

« Est-ce que je peux avoir un peu d'intimité, s'il vous plaît ? » Cette question rhétorique porte en elle une dimension irrévocable. L'intimité est un besoin vital, un droit autant qu'une liberté.

La réparation ne peut se faire sans intimité. Or elle est souvent elle-même l'enjeu de la blessure. Le viol, l'emprise ou le harcèlement sont des envahissements qui coupent la victime de la sphère protectrice qu'est l'intimité.

Les plaies ouvertes rendent difficile l'accès à soi dans cette intimité souillée. Si la fuite, l'enfermement dans la peur et la souffrance sont les premiers pas vers la réparation, ils ne permettent pas d'être tranquille avec son intériorité. Dans ce trauma, la solitude subie où l'on se laisse vivre (ou plutôt mourir) est à l'opposé de l'intimité. Cette dernière est complexe à atteindre.

Nous avons souvent, parfois, toujours, cette sensation d'éprouver « le besoin dévorant d'une ségrégation, d'une aliénation absolument sans précédent dans l'histoire de la solitude, nous dit Romain Gary. Avec en moi un tel besoin de séparatisme, il faudrait pouvoir créer un monde nouveau. Je m'y mets immédiatement je passe tout l'après-midi à écrire[13]. »

À la manière de la responsabilité écologique qui rend nécessaire la relocalisation de la production, l'intimité relocalise la pensée. Elle permet de mettre de l'ordre dans son intérieur, de faire le point avec ce que l'on *panse*. Dans l'intimité, on se découvre, on s'apprivoise. On fait le tri entre les opinions héritées et celles que l'on a choisies, on se penche à nouveau sur ses expériences et ses rêves. Dans son lieu, en confiance, on renoue peu à peu avec ses émotions. Se redessinent alors nos besoins et nos envies. « L'intimité permet de garder ses sens en alerte, dans la vie y a pas de théorie », chante le rappeur Ganood[14]. L'intimité est la dernière protection d'un « chez soi » contre la langue, les gestes et l'ensemble d'une culture formatée. En somme, elle permet de savoir où l'on habite.

Mais, à l'ère de la peopolisation, du *buzz* et des replis identitaires qui ajoutent du flou entre l'espace privé et l'espace public, quelle place offrons-nous encore à l'intimité ?

Le désordre intérieur est puissant. Aujourd'hui, au risque de voir les réseaux se transformer en tribunal populaire, les préoccupations personnelles doivent correspondre à une apparence. L'injonction de nous réduire en mettant nos intimités au diapason d'une couleur de peau, d'un nom, d'une religion, d'un territoire pour rentrer dans la case « diversité » ou dans des réunions non mixtes est une ingérence autant qu'une colonisation de nos êtres.

Nous acceptons que l'intimité soit chosifiée, puis commercialisée. La pensée devient lisse et s'uniformise à son tour. Avec une telle mise en danger de l'intimité[15], c'est la laïcité et la fraternité qui s'appauvrissent dans notre République.

C'est grâce à mon intimité que je tente chaque jour d'incarner l'ensemble de mes racines pour aller au-delà des formats sans tomber sur mon propre chemin, là où se croisent ceux des autres. Il n'y a pas d'intimité si l'autre n'existe pas. Sans conscience intime de soi, il n'y a pas d'envie de l'autre. Protectrice de chacun, c'est elle qui engendre, par la confiance et la confidence avec autrui, l'esprit fraternel, fondamental pour recoudre le tissu social.

Lorsque l'on prend des transports en commun bondés, au moment où l'intimité est heurtée, on se déteste tous. Mais aussi précieuse qu'elle soit, elle n'a jamais été constitutionnellement consacrée. C'est pourtant la condition *sine qua non* de la fraternité.

Selon l'article premier de la Déclaration universelle des droits de l'homme de 1948, « tous les êtres humains naissent libres et égaux en dignité et en droits. Ils sont doués de raison et de conscience et doivent agir les uns envers les autres dans un esprit de fraternité ». Ce texte décrète le sentiment indomptable qu'est la fraternité. Si nous avons en tant que citoyens du même pays des causes communes, une obligation morale de nous lever contre tout assaillant et un devoir à la résistance, entre nous le ciment qui créera l'unité réelle ne peut être une injonction. Des coupes du monde de foot tous les quatre ans ne suffisent pas à rendre possible l'attachement commun. Or, dans la rue, aussi infimes qu'ils soient, les comportements sont d'une violence rare contre le respect de l'intimité de chacun.

Le temps que nous accordons à l'intimité se restreint. C'est pourtant la clef pour trouver le désir ultime de s'unir, de devenir « un et indivisible ». Si les voix de l'intimité sont impénétrables dans le fantasme républicain, seule sa préservation peut redonner vie à la liberté, à l'égalité réelle et à la fraternité. C'est au plus près de l'imprévisible en nous, dans l'intimité, que nous pouvons nous rapprocher de tous. Racée, j'ai un secret intraduisible, intime, celui d'avoir la peau des autres dans la mienne, qu'ils soient visibles ou invisibles.

L'intimité nous retire d'un monde auquel nous sommes sensibles, en nous permettant d'en découvrir la multiplicité, les limites, les erreurs. La période de confinement nous l'a démontré. Nous avons su créer du lien au niveau national et international à partir de notre intimité.

De ce pacte de l'intime naît le respect, l'attachement, les racines communes qui, à force d'en faire l'expérience, créent un lien quasi familial, solide donc solidaire. L'intimité porte en elle l'expression de nos blessures partagées, socle de la fraternité. Elle est la face cachée de la démocratie par la connaissance de sa propre voix, qui peut alors s'unir aux autres, même dans un silence.

Silence

Dans mes souvenirs, le silence est lié à une punition : c'est le morceau de Scotch que madame Duplan, mon institutrice de CE1, me collait sur la bouche pour bavardage. C'est aussi l'*omerta* de la mafia sicilienne, dont la loi fait régner la terreur en interdisant de trahir ses partenaires, au risque d'une condamnation à mort. C'est encore ce qui détruit à petit feu, lorsque après une agression, le trauma et la honte nous enferment sans aucun mot.

C'est la douleur du silence qui a conditionné l'enfance cachée de ma mère, autant que celle de mon père, sur des terres hostiles. Le silence est une injustice lorsque l'on n'a pas voix au chapitre. On sait, grâce aux neurosciences, que les traumas se transmettent de génération en génération « sans entendre aucun bruit[16] ». La cachette, la cave du violoniste, la grotte, la synagogue souterraine, les faux papiers, les traversées clandestines ou autres secrets de famille sont des racines silencieuses de l'être blessé. Mais le silence des ancêtres participe à l'écriture même de l'identité.

Petite, mon écoute était guidée par la peur d'un père sévère. Si je parlais pour ne rien dire, la justesse de mes mots n'avait d'écho que l'injustice de ses gestes – autre versant des cultures africaines. À cette époque, la radio envahissait toutes les pièces de la maison. Alors j'ai appris à écouter avant de savoir parler.

Par notre retrait dans l'écoute, l'imaginaire se déploie au sein des mots de l'autre pour « faire la vérité[17] ».

Entre celui qui parle et celui qui écoute, « les frontières sont poreuses et non plus peureuses[18] ». L'écoute provoque la rencontre rare entre un émetteur et un récepteur. C'est elle qui peut offrir un relief autant qu'une profondeur à notre silence.

Aucune réparation n'est possible sans cette écoute, ce silence.

Pourtant, la place du silence se restreint comme peau de chagrin. Sous l'influence des réseaux sociaux et autres applis, la communication est ininterrompue à l'échelle planétaire. Nous y participons désormais jour et nuit. Qu'importe l'heure universelle, c'est écran allumé, toujours prêts à dire quelque chose aux *followers*, que nous tentons de trouver le sommeil. Nous vivons ainsi le paradoxe d'un besoin criant d'être en relation avec les autres, tout en exigeant d'eux un peu de silence. Nous sommes tous ce pauvre monsieur Parizot qui souhaite désespérément être au calme au milieu d'un camping en plein mois de juillet[19]. Dans ce flux de semblant de communication, où règne la posture autant que l'imposture, la cacophonie empêche la réparation parce qu'elle éloigne de l'écoute.

Pourtant, au nom de l'égalité, certaines féministes estiment que se taire est un acte de soumission. La trace du silence – cette blessure-là – doit disparaître. Il FAUT parler. Or c'est précisément parce que la parole se libère que l'écoute doit rester attentive – peut-être encore plus après des siècles de mutisme imposé.

C'est ce qui empêche la réparation profonde pour les femmes autant que pour les relations entre les genres. Si on me demandait aujourd'hui : « Que faire pour le féminisme ? », je répondrais que la réponse est dans l'écoute et non dans la question.

De la même manière, quand les identitaires se perdent à vouloir coloniser le silence de mots stériles, c'est qu'ils n'ont pas conscience que, d'une part, celui-ci permet de ne pas couper la parole et, d'autre part, que « le fait de rester silencieux ne fait pas taire le langage qui continue de travailler en secret[20]. » Selon un vieil adage, on est maître de ses silences et esclave de ses mots. Ceci expliquerait donc cela…

Si le silence joue un rôle majeur dans la réparation, c'est qu'il est une condition ultime de la communication, donc de la relation. Il peut être déchirant, mais sait aussi recoudre, en traduisant l'intraduisible. L'inexprimable, l'inqualifiable qu'est le silence insuffle le questionnement nécessaire à la nature humaine. Il interroge, laisse en suspens. C'est ainsi qu'il a la capacité de réparer en donnant vie aux incertitudes, en tant qu'exigence de dépassement de soi.

C'est donc une liberté qui offre toute interprétation à l'être… « Et ta bouche qui se tait, peut prouver l'impossible[21] ».

Sur la ligne de départ du 100 mètres, aucune victoire ne peut se projeter sans le silence qui permet le dialogue entre le corps et l'esprit. La réparation se joue ici, dans un silence habité par « l'unification de l'être dans la beauté du geste[22] ». Le coup de feu retentit, enfin, tout au fond de la poitrine, alors la rupture du silence devient un acte important[23]. C'est le début de quelque chose – un événement.

« Le plus souvent, dit Catherine David, le pianiste ne laisse pas le son s'éteindre de lui-même : il lève les mains […], décide de la rupture, écrit le mot fin. *Maintenant le silence.* Décision aussi importante et arbitraire que celle du moment précis de l'attaque, qui détermine cet événement irréversible que constitue le passage du silence au son[24]. »

Il est fondamental de décider de la place du silence, de l'espace qu'il peut déployer, du temps que nous devons lui accorder.

La parole et le silence se tiennent. Les deux s'entremêlent, s'entrelacent, offrent une complexité, une singularité, ils s'accompagnent, s'alimentent, et c'est ensemble qu'ils donnent de la teneur à toute réparation.

Reflet de la distance, de l'espace qui nous sépare, de la frontière qui nous empêche, de la matière de l'absence[25], le silence est une nécessité pour nos trouvailles et nos retrouvailles. Il répare en laissant l'esprit humain libre d'aller dans sa dimension sensible et invisible.

Invisible

L'expérience de l'invisible est une épreuve. La nuit, l'enfant a peur. C'est un dragon, un loup, une sorcière qui semblent avoir envahi sa chambre.

Tout devient irrationnel. Alors, nous voulons voir, pour savoir, pour être rassuré et ne laisser place à aucun doute. Pour les catholiques, les vitraux, les statues et autres ex-voto rendent le divin concret, ce qui permet d'embrasser sa protection sans crainte. *A contrario*, la religion juive interdit toute représentation, faisant de la remise en cause et du questionnement ses piliers fondamentaux.

Or l'accès à l'invisible est complexe. La perte de repères logiques nous mène vers un monde aux frontières de la folie. Voyons-nous tous la même chose ? C'est la question terrifiante que pose l'invisible. Comment se réparer, alors, dans cet inconnu qui porte en lui le bien, le mal, le plein et le vide ?

L'invisible est telle la Covid-19, insaisissable à l'œil nu, qui tue à l'échelle planétaire. C'est le radicalisme impalpable qui s'infiltre dans les esprits pour engendrer le pire. Comment combattre ces ennemis invisibles ?

Mais comment combattre aussi le « visible », si dévastateur aujourd'hui ? Nous nous perdons dans ce monde de surexposition et de matérialisme. « Ils deviennent ce qu'ils voient, ils voient ce qu'ils deviennent, cette spirale de l'échec me peine », chante Akhenaton à propos des jeunes des quartiers[26].

L'expression « minorités visibles » renforce le malaise. Elle fait croire que l'existence n'est réduite qu'à la partie clinquante de l'iceberg. Ici, appréhender l'être avec ce qu'il a d'invisible est contraire à la stratégie. Il faut s'enfermer dans le visible pour rester cette minorité injustement traitée.

La mise en scène de la *douleur* de peau assoit une culpabilité nécessaire à l'ascension des identitaires sur le long terme. L'indécence s'ajoute à l'ignorance.

Par les paillettes de la polémique, les antiracistes intersectionnels dénigrent l'invisible des croyances afro-antillaises, dont ils seraient pourtant les héritiers. Par ricochet, ce *show off* des racisés masque mal l'assimilation aux idéologies du pire qui plaquent l'apparence d'une couleur à une appartenance.

La vie intérieure est un invisible. Pour réparer intimement, on ne peut pas se circonscrire à pointer l'autre du doigt, il faut faire avec soi, dans ses propres déchirures.

C'est ce que nous offre Albert Camus en reconnaissant ce qui est inconsolable. Dans *Le Premier Homme*[27], son roman autobiographique inachevé, il est l'orphelin, héritier d'une immense absence, celle de son père. Ici, il ne tente pas de marcher dans les pas de celui-ci pour se convaincre qu'il est bien son fils. Au contraire, il fait avec son absence. Il vit avec l'invisible. Et ce n'est pas être humilié que de ne pas savoir si physiquement il lui ressemble ; au contraire, c'est avoir l'humilité d'être face à un miroir qui ne montre pas tout de soi.

De la même manière dans *La Disparition*, ce fameux texte écrit sans E, « sans eux[28] », il s'agit pour Georges Perec d'offrir un relief à ses absents, car selon l'universitaire Claude Burgelin, « il n'est pas plus fou de supprimer le E d'un livre, que tout un peuple ». L'auteur reconstruit par l'écriture le souvenir qu'il n'a pas, sans nous marteler, comme le font « les décolonisateurs[29] », la réappropriation d'un récit qu'ils pensent être le leur, seulement parce qu'ils ont regardé, un soir tard, un documentaire sur les Black Panthers que le service public de l'audiovisuel a diffusé sur France Ô.

Perec construit sa trajectoire dans l'écriture du mystère.

Faire avec l'invisible, c'est embrasser un travail colossal, mais fondamental pour la pensée et la conquête d'autres imaginaires. C'est par « le visible et l'invisible » que le philosophe Maurice Merleau-Ponty souhaitait réaliser un ouvrage sur l'origine de la vérité, interrompu par sa disparition[30].

Si l'invisible provoque l'absence de sommeil, cette intranquillité à l'abri des regards est réparatrice, comme les coulisses nécessaires à toute création.

Création

Chez Elie Wiesel aux *Portes de la forêt*[31], chez Perec, Césaire, Modiano, Senghor ou Gary[32], c'est toujours en traduisant l'inconsolable – cet intraduisible – qu'il y a acte de création. Cette dernière sait faire « parler le néant », dit Romain Gary. Or, à cet endroit, se cache une fragilité qui fait de la création un sommet à atteindre autant qu'un abîme où périr – redoutablement dévastatrice, la part d'ombre de la création reste peu évoquée dans les discours sur la culture.

Au sein de l'Assemblée, on préfère rester en surface pour défendre une création « pour tous », aussi précieuse que l'eau ou le pain. Certes, les artistes prédisent, influent sur les avancées, font bouger les lignes, permettent d'anticiper bien avant que les parlements ne se positionnent et préparent le terrain de la conscience. Gouvernants de l'imaginaire, dirigeants de l'indicible, ils sont, comme le disait Percy Bysshe Shelley, « les législateurs non reconnus de notre monde. Ils projettent devant nous les ombres de l'avenir[33] ».

Certes, mais ce dont les élus ne parlent pas, c'est la mise en danger qu'impose cette création-réparation.

« Le poète n'a pas voulu dire, il a dit », souligne André Breton[34]. La nuance est immense. Produit de première nécessité, oui. Mais à quel prix ?

Combien de nuits sans sommeil pour un Van Gogh dont l'obsession de la perfection le mène à se couper l'oreille pour que son autoportrait lui soit soutenable ? Combien de cauchemars jusqu'à la folie pour les œuvres de Maupassant et de Gérard de Nerval ? Face à la pierre, les névroses d'une Camille Claudel deviennent indomptables. Aller soigner dans les profondeurs de l'âme laisse des traces qui se rajoutent aux fissures existantes.

Face à soi, devant l'œuvre en construction, on ne peut plus faire marche arrière. La seule solution est de s'anesthésier un peu. Comme Baudelaire, qui modifie sa conscience par l'alcool et la drogue pour atteindre un secret.

Caresser ce point aveugle, pour chaque nouvelle image, pour chaque nouvelle couleur, pour chaque rapprochement de deux notes, pour chaque geste posé, dans chaque corps, sur chaque chorégraphie, pour chaque mot compliquant chaque ligne d'un récit, se confronter à soi dans une exigence totale et recommencer à chaque fois depuis cette terreur-là.

La création est une douleur. C'est une déception permanente face à la traduction d'un secret intérieur dont on s'approche, mais qui reste insaisissable.

L'insatisfaction regarde, faisant de l'artiste un étranger de la réalité qui ne peut plus être en lien avec les autres tant il est happé par sa création. C'est un Gainsbourg qui « fuit le bonheur de peur qu'il ne se sauve ». Et s'il n'y a pas de vie sans création, l'ambition de créer est invivable.

Qui peut partager l'existence d'un Brassens focalisé pendant six jours sur le pied manquant d'une chanson ? Voilà la vie du créateur, un enfer.

L'échec sourit en coin. Gary se tue pour mettre fin à ses pseudos.

Ironie du sort, ces artistes martyrs nous réparent chaque jour. Je veux croire que c'est dans nos yeux contemplant leurs chefs-d'œuvre que se trouve la clef nécessaire à leur réparation. C'est la vie de l'œuvre, condition essentielle à celle de l'artiste, qui y participe. Seule une création partagée permet de recoudre.

Dans la religion juive, le *tikkoun olam*, la réparation dans la création, fait avec ce qui a eu lieu pour aller vers une autre réalité. La création habille d'une nouvelle peau. Elle pare et ré-pare, re-projette, donc re-protège.

La création prend les douleurs de l'histoire comme matière première. Elle les domine pour les enjamber. Cette volonté de réparation, présente dans toutes les disciplines artistiques, les rend poreuses entre elles. La réparation offre une cohésion du champ artistique et culturel, autant qu'un sentiment d'appartenance à notre patrimoine universel d'interrogations.

En donnant naissance à une nouvelle matière, la création est l'alliée de la réparation. La musique, par exemple, diffuse une autre réalité vers des harmonies. La peinture ou l'écriture s'y déploient et par ricochet ouvrent une nouvelle porte sur nos imaginaires. On rêve sur les dernières lettres, sur une photo, sur un tableau. Dans *Rue des boutiques obscures*[35], Patrick Modiano dessine, dans sa création, son identité remplie de vide. « Je ne suis rien », dit-il, et c'est certainement l'une des plus belles métaphores d'une génération qui, après la guerre, n'a pas reçu de récit. L'auteur se crée, se construit à travers son roman. « Ce que l'on ne m'a pas transmis, je vais me le transmettre à moi-même », semble-t-il nous dire. Il met en lumière une rupture dans son histoire parce que « ce qui ne peut être ni dit ni entendu, il fallait qu'il tente de l'écrire[36] ».

C'est ainsi par la création que la construction, la reconstruction, donc la réparation exultent. Dans *Dora Bruder*, Patrick Modiano redonne vie à une victime[37], comme Pierre Michon le fait aussi dans ses *Vies minuscules*[38]. Il faut « sauver le passé en éclairant la mémoire historique de manière à donner du relief aux non-dits : rendre la parole aux vaincus », explique encore Catherine David au sujet de Walter Benjamin[39].

J'ai retrouvé mon grand-père grâce à l'écriture. Dans mon premier roman, c'est avec son accent yiddish qu'il parle à mon père gambien, dans une harmonie linguistique inédite dont je n'ai aucun souvenir. Mais cette construction littéraire était une nécessité pour embrasser quelque chose de moi-même, être plus concrète avec mes origines et mieux révéler cette époque faite de mélanges internationaux, aux antipodes des cases dictées par les communautaristes destructeurs des imaginaires.

La création répare en offrant une filiation autant qu'un héritage. C'est le rappeur Oxmo Puccino qui, en « Black Cyrano de Bergerac », « élance le verbe du bout de [son] long nez / Déplie [sa] cape verte sans honte, comme un black condé[40] ». Ce jeu d'appropriation de l'artiste tisse en lui-même et autour. En amalgamant esthétique hip-hop et grand classique de la littérature française, il recoud.

« Pense le monde tel qu'il devrait être et ne raconte pas le monde tel qu'il est » ou encore « panse le monde tel qu'il est et n'accommode ou ne raccommode pas le monde tel qu'il a pu être », nous dit l'artiste. La peinture, l'écriture, qu'elles soient musicales, picturales ou littéraires, sont des partages qui rapiècent le monde par mille chemins et autant de nuances d'un cœur vers d'autres.

Grâce à ce travail de création, la vision du monde ne peut-être « une » puisqu'elle diffère selon les artistes. Ces derniers ayant leur vision homogène, comme l'explique Freud[41], mais qui se conjugue à celle des autres. Elle voyage dans plein d'endroits et c'est ce qui lui donne sa puissance réparatrice. « Miettes de la réalité, éclats de lumière, ces expériences minuscules participent en silence de la réalité, comme les coups de pinceau de Cézanne participent de la montagne », nous murmure Catherine David[42].

Lorsque Vianney Lebasque m'offre le rôle d'Odile dans la série *Les Grands*[43], il construit dans l'imaginaire une chose inédite pour une série française. Avec le physique qui est le mien, devant sa caméra, je suis Odile, CPE d'un lycée de province, bourgeoise, totalement contre le voyage de fin d'année des secondes à Amsterdam, qu'elle considère être la « capitale du vice ». Un poil homophobe, elle va devoir pourtant se rendre à l'évidence : son fils, Lyès, 17 ans, interprété par Sami Outalbali, aime les garçons. À l'opposé de tous ces rôles qui sonnent faux, de Métisses d'Ibiza qui ne renvoient au fond qu'à un fantasme peu original, Lebasque prend le contre-pied, rend la vie plus grande que la vie. Il ne fait pas avec l'attendu. Il bâtit sur une faille une autre réalité nécessaire, qui refuse en sous-texte toute idée d'assignation sociale liée à l'origine, à la couleur de peau, à la religion, au genre ou à l'orientation sexuelle. Odile, en me déplaçant ainsi hors du camp du « bien », a participé à ma réparation vers plus d'universalité. Elle reste l'un de mes plus beaux souvenirs de jeu.

Un artiste doit s'arracher bien au-delà de ses propres blessures. Les plaintes et les complaintes sur les souffrances d'un autre temps sont plus faciles, mais ne font pas réparation. Or, le contexte de surexposition, de sur-parole vidée de sens, d'images appauvries en imaginaire rend difficile la création. Le *buzz* fait la loi. Certains s'y perdent, engloutis par la machine à nourrir l'ego.

C'est ce qui a produit la « gênance » du stand-up d'Aïssa Maïga lors de la dernière édition des Césars. Elle ne s'est pas créée, elle ne s'est pas illustrée. Elle est noire, nous le voyons bien, et elle nous parle des Noirs. Est-ce le rôle d'une artiste que de nous dire ce que nous voyons déjà ?

Le visible, le matérialisme, nous place dans un confort où il faut dire ce que l'on voit, où l'on est fort de nos apparences, où l'on est riche de ce que l'on possède et toujours victime de ce qu'ont les autres.

Aujourd'hui, on mêle les œuvres littéraires à des tracts, les agissements des réalisateurs deviennent le moyen de dénoncer les violences et les injustices, la polémique est le quotidien d'un artiste qui doit se vendre. Alors, la création elle-même doit être réparée, au risque de se voir détournée de sa raison d'être.

La création est une « surface de réparation » qui permet le détachement, où ce qui échappe est chéri, où une place est laissée à l'obscur, aux hésitations et à nos parts de doute. Réparer ce qui nous morcelle, ce qui nous a brisés, c'est créer au travers des nuances dans le multiple, donc à l'attention de tous. C'est libérer des messages dans d'infinies possibilités, du hurlement jusqu'au murmure.

L'œuvre se dit, s'écrit, se crie, se pleure, se chante, se danse, se dessine, se joue *piano* ou *forte*, mais toujours avec comme seul guide, comme seule force et unique obsession, celle de répondre à un premier désir.

Désir

À quoi bon brûler de désir si le cœur est en cendres ? À quoi bon l'assouvir s'il doit s'évanouir dans une petite mort ? Parfois perfide, il aveugle. Nous prenons nos désirs pour des réalités plutôt que d'affronter les preuves ou les épreuves en présence.

Mais après un trauma, il joue un rôle essentiel à la réparation. On se saisit d'abord du désir de vouloir réparer ou de se réparer avant de pouvoir le faire. C'est la condition *sine qua non* à la renaissance. Il mêle le conscient et l'inconscient, l'irrationnel et le rationnel, et se situe, selon Lacan, entre le besoin et la demande. Incontrôlable, il est pourtant vital. Tel un instinct de survie fait d'attirance, d'appétit, d'envie, de soif et de tentations, il offre l'essence nécessaire à nos récits en donnant à la vie des nuances plus intenses que la vie même[44].

Plus qu'un espoir, il ouvre un espace d'espérance dans nos parcours. « La lune ne sera pas toujours pleine / Mon cœur ne sera pas toujours vide », chantent les rappeurs de PNL[45]. Le désir répare car il projette dans la vie d'après. Sa puissance permet de renverser le destin. Il laisse la place à l'incroyable et dessine des trajectoires empreintes d'une énergie quasi magnétique.

Si les *success stories* nous fascinent, c'est parce qu'elles ont toujours comme ressort l'impact d'un désir fou sur une vie cabossée.

Nelson Mandela devient président d'un pays ségrégationniste après vingt-sept années d'emprisonnement. Après avoir vécu le pire, Simone Veil accède aux postes de ministre et de présidente du Parlement européen, avant d'être académicienne – la grande dame nous laisse en héritage des lois essentielles pour nos droits fondamentaux. Yusra Mardini, réfugiée syrienne, échappe à la guerre en embarquant sur un bateau ; il tombe en panne, elle se jette à l'eau avec sa sœur pour pousser jusqu'à la terre ferme l'embarcation de dix-huit personnes, durant trois heures – en 2016, elle est sélectionnée pour le 200 mètres nage libre aux Jeux olympiques de Rio.

Le désir emporte et l'emporte sur toutes formes de clichés en ce qu'il impulse le dépassement. Il est le moteur pour se créer une vie remplie de vœux à exhausser, comme l'écrit Meryl : « J'veux vivre toutes les vies, Arielle Dombasle / Louer mes victoires sur ma pierre tombale[46]. »

L'association 1000 Visages[47] agit depuis plus de dix ans pour permettre aux jeunes les plus éloignés de la culture, ceux des quartiers populaires ou des territoires ruraux, d'accéder aux métiers du cinéma. Nous travaillons avec cette matière précieuse qu'est leur désir de créer. À l'issue des dispositifs mis en place, ils deviennent acteurs, réalisateurs, scénaristes et, à leur tour, transmettent aux plus jeunes cette nécessité fertile. De la même manière, c'est par la puissance insufflée par le désir que les esthétiques hip-hop ont su franchir le périphérique[48] pour devenir aujourd'hui une véritable puissance économique internationale.

L'envie de s'en sortir pour soi et les siens – cette responsabilité – est fondamentale pour une réparation sociale. « Je paverai les rues d'élans de mon cœur pour que vos pas soient sûrs / Parce que chaque jour se fait rude par nature », dédicace Akhenaton à son quartier[49].

Le désir donne à la vie une dimension héroïque. Il permet de se sortir de situations extrêmes et de vaincre des traumas profonds.

La blessure ne s'efface pas. Le désir la souligne pour la dépasser afin d'atteindre la chose réparatrice. C'est le manque de vie, le manque d'amour, « le manque à être, explique Delphine Horvilleur, qui crée le désir d'être, le désir tout court et qui garantit l'avenir[50] ». Il existe, en effet, de nombreux exemples de victimes ou de rescapés qui ont laissé leurs désirs s'exprimer, ou les ont interrogés, pour offrir à la vie ce qu'elle leur avait pris. Intimement lié à la force de l'amour plutôt que de la mort, le désir donne aux engagements une dimension irréductible pour recoudre les déchirures avec soi et avec l'autre.

Il pousse chaque jour à partir à la conquête de sa propre histoire. C'est tout le drame des victimes de situations de conflits ou de maladies graves. Elles sont coupées de manière significative de leur désir[51], ce qui les empêche de se relever. L'absence de désir annonce toujours la fin de quelque chose, d'une relation, d'un travail ou de la vie.

Dans un contexte où la victimisation a le vent en poupe, il est impératif pour les identitaires de cacher tout indice de désir, qui serait le révélateur ultime de leur imposture. En ne laissant aucune place à la plainte et en faisant avancer l'histoire, le désir est à bannir pour celles et ceux qui ne veulent vivre que dans un récit figé[52].

Mais malgré leur stratégie, l'envie de briller « en tant que victime » ne trompe personne.

Avec deux conséquences.

La première, c'est qu'en s'empêchant de désirer, ils deviennent eux-mêmes indésirables. L'obsession de leur souffrance met à mal notre libido. Mais comme tout est bon dans la victimisation, voilà qu'ils s'en plaignent.

Ensuite, à force de soigner leur personnage de victime, leur frustration n'a ainsi d'égal que leur désir refoulé. De cette privation naît une haine. Cette dernière, comme le disait Toni Morrison, « consume tout, sauf elle-même, si bien que, quel que soit votre chagrin, votre visage devient exactement le même que celui de votre ennemi[53] ».

Le désir ouvre sur la vie et l'envie de l'autre. C'est à ce titre qu'il a la capacité de réparer un monde déchiré. Pour Édouard Glissant, le désir est au cœur d'une relation qui est « la quantité finie de toutes les particularités du monde[54] ». C'est par ce désir que nous changeons en échangeant avec l'autre, mais sans nous dénaturer. Au contraire, il permet de retrouver une part de soi sans en avoir peur. Par le désir, nous sommes en direction de soi vers l'autre. Ensemble, nos récits s'intensifient, cœurs battants.

C'est ce qui m'a permis de voir le jour en tant qu'enfant d'un couple dit « mixte ». Avec un père et une mère aux accents différents, aux couleurs contrastées, aux histoires concurrentielles, aux continents opposés, j'ai pu appréhender tout au long de mes jeunes années et jusqu'à aujourd'hui la manière dont le désir a fait naître entre eux un nouveau monde un peu plus réparé.

Les échos du désir sont fondamentaux pour penser « racé ». La relation qu'il anime remet en cause l'identité figée. Avec lui, il n'y a plus d'enfermement dans une image, plus de cloison sociale, raciale, ethnique ou de langage. D'ailleurs, comme un cercle vertueux, le langage avec l'autre anime le désir, le déploie, le fait grandir, et ainsi de suite. Pour Roland Barthes, « [le] langage est une peau : je frotte mon langage contre l'autre. C'est comme si j'avais des mots en guise de doigts, ou des doigts au bout des mots. Mon langage tremble de désir. L'émoi vient d'un double contact : d'une part, toute une activité de discours vient relever discrètement, indirectement, un signifié unique qui est "je te désire", et le libère, l'alimente, le ramifie, le fait exploser (le langage jouit de se toucher lui-même), d'autre part, j'enroule l'autre dans mes mots, je le caresse, je le frôle, j'entretiens ce frôlage, je me dépense à faire durer le commentaire auquel je soumets la relation[55] ».

Mais le désir n'est pas palabre. Il rend l'action possible. Et c'est dans ce mouvement qu'il écrit la vie. Il fait dire « oui, je veux » à l'existence, comme *L'Homme révolté* de Camus[56] qui, avant de dire non, dit oui, qui, avant de se battre, chérit.

C'est par le désir que l'imprévisibilité de la vie révèle toute sa dimension. La créolisation est l'une de ses enfants.

Créolisation

J'en ai longtemps voulu à Édouard Glissant (1928-2011), père de la créolisation, comme à un vieil amant à qui on reprocherait aujourd'hui ce que l'on a aimé de lui hier : sa complexité. Sa philosophie de la relation, sa « pensée archipélique », comme il le disait, est assez inaccessible. Et la créolisation, une réflexion de l'ouverture plutôt hermétique ! Conséquence : Glissant reste méconnu malgré les thèmes majeurs qu'il apporte au raisonnement.

Disparu en 2011, il est pourtant l'un des philosophes majeurs du XXe siècle, un homme à la pensée poétique unique avec lequel j'ai eu la chance de travailler[57].

Lors de notre première rencontre, au conseil régional d'Île-de-France, où était d'ailleurs présent Patrick Chamoiseau[58], le grand homme m'a regardée longuement, puis, de sa petite voix, étonnamment fluette au regard de son corps imposant, m'a dit : « Toi, tu as les yeux du Tout-Monde. » J'ai souri, comme on le fait lorsque l'on n'y connaît rien.

Mais l'incompréhensible étant toujours plein d'espoir, le soir même j'ouvrais son dernier ouvrage, *Philosophie de la relation*[59]. Les pages semblaient vibrer. Une chaleur pénétrait mon âme et, dans son prolongement, c'est l'ensemble de mon corps que je sentais respirer enfin en parcourant ce texte, des frissons sur la peau. Mon cœur s'ouvrait. À chaque mot, une larme coulait.

Est-ce que les yeux du Tout-Monde sont des yeux qui pleurent ?

Je ne comprenais rien de ce que je lisais, mais je lisais. Et, ici, seuls mes sens étaient en éveil.

Bien plus tard, j'ai compris que Glissant savait parler à chaque partie de l'être, en en révélant les dimensions les plus enfouies par le rythme magique de sa poésie. « Le détail n'est pas un repère descriptif, c'est une profondeur de poésie, en même temps qu'une étendue non mesurable[60]. »

C'est à travers ces lignes, qui s'adressent à toutes les souches juxtaposées en nous depuis des millénaires, que pour la première fois j'ai ressenti mon morcellement autant qu'un rassemblement profond.

Avec la créolisation, dont il est le père, le philosophe a su toucher du doigt l'infinité de l'être.

Nous sommes tous créoles.

Sans rapport évident avec les îles – même si la pensée en archipel a pour point de départ la Caraïbe –, la créolisation vient du fait que la relation « colonise » aujourd'hui tous les continents ; elle est un processus en cours dans notre monde de déportés, d'espèces menacées, qui s'est mondialisé, globalisé, capitalisé, universalisé, colonisé puis décolonisé, « dérèglement-climatisé » et aujourd'hui « pandémisé »...

Dans la plupart des endroits du monde, il y a mise en contact de plusieurs cultures distinctes, ce que Glissant appelle « rhizomes ». Ces différentes racines s'y conjuguent. Ainsi, ces relations inédites en cours ont pour conséquence d'offrir des données imprévisibles à nos évolutions.

C'est ce qu'Aimé Césaire souligne : « Et je me dis que Bordeaux et Nantes et Liverpool et New York et San Francisco / pas un tout de ce monde qui ne porte mon empreinte digitale[61]. » James Baldwin qui, avec une once de provocation, précise que « [ce] monde n'est plus blanc, il ne le sera plus jamais[62] ».

Glissant s'éloigne d'une pensée sur l'identité qui ne prendrait pas en compte les mouvements du monde. Dès lors, le concept de race est à l'opposé de la créolisation. La créolisation est ainsi un danger pour la pensée identitaire. Une race qui se revendique fièrement 100 % cacao parle à partir « d'une identité fixe », sélective, immuable donc régressive. Ces idéologies qui pensent les identités de manière hermétique nous fragilisent donc, dans ce monde en mutation, en nous empêchant par leur concept de nous y adapter.

Elles négligent ce que nous sommes dans un « monde-chaos » fait de sociétés créolisées. Selon Glissant, penser le monde en cinq continents et quatre races est un dangereux anachronisme. Par le déni, le négationnisme, les raccourcis et autres simplifications, les identitaires interdisent le déploiement de nos existences ; pire, ils tuent ce que nous sommes.

En conséquence, la créolisation est à l'opposé du métissage.

Les Métis sont de manière conceptuelle une addition d'éléments qui donnerait une somme amoindrie des races. Par exemple, « blanc + noir = café au lait ». Le Métis est donc le compromis (con-promis) que porte une pensée identitaire.

Il lui permet de maintenir la notion de race en la mettant en sourdine.

Le métissage est une eau tiède incapable d'affronter sa différence. Il est inapte à s'émanciper de ses ingrédients pour se mettre au profit d'un monde moins terne ou plus complexe.

« Dans les lieux immobiles et barricadés[63] » entre Noir et Blanc, le Métis a été conçu pour rester enfermé dans un préjugé et un cliché nourrissant le pouvoir de la race.

Avec la créolisation, la synthèse est impossible. Elle nous impose l'incertitude. Le jazz, les musiques caribéennes comme les musiques les plus téléchargées aujourd'hui, telles que le hip-hop, sont le fruit même de la créolisation. Elles font écho à l'imprévisibilité de notre monde chaotique. Elles viennent d'un entremêlement de la musique de quadrille européenne et des rythmiques fondamentales africaines, des percussions, des chants de transe, avec la modernité affirmée de l'électro.

« Créolisation » met un mot sur des rapports qui s'entremêlent, s'entrelacent, s'accompagnent. C'est là, dans ces complications, qu'apparaissent de manière imprévue des sangs mêlés, des gens indémêlables… Des racés.

Nous y sommes.

Il me fallait poursuivre par ce mot la pensée de Glissant, qui ne soustrait pas un mélange, mais le démultiplie.

Aux antipodes des replis identitaires racisés qui empêchent d'aller vers l'autre par la non-mixité, la créolisation répare parce qu'elle fait de la relation une identité et donne la valeur d'une nécessité aux conjugaisons avec l'autre.

Les scientifiques affirment que notre matière provient de la poussière d'étoiles mortes. Nous serions issus de la fragmentation de ces astres échoués sur Terre. C'est la première division. Beaucoup plus tard, la terre s'est scindée pour donner les différents continents et les archipels.

Les hommes sont donc apparus morcelés au moins deux fois, dans le ciel comme sur la terre. Or, toute fracture appelle à la réparation.

La créolisation recoud les déchirures des pierres. Dans cette philosophie du Tout-Monde, les falaises comme les frontières (matérielles ou symboliques) sont nécessaires[64] en ce qu'elles engendrent un désir de franchissement pour aller faire relation.

Ici, pas de pansement de couleur masquant de manière ostentatoire les blessures que l'on veut conserver. Les plaies ont les bras grands ouverts à l'infinité des cultures, des chemins, des possibilités. La terre est un espace où la dispersion permet de se rassembler, où les chocs de culture, la disharmonie, le désordre, les interférences, les frottements, les rencontres puis les relations deviennent créateurs donc réparateurs.

La relation sait (c'est) recoudre. De cette image d'une déchirure qui se répare dans la relation, Montaigne a fait naître ce qui est certainement l'une des plus belles phrases de la littérature française : « En l'amitié de quoi je parle, les [âmes] se mêlent et confondent l'une en l'autre, d'un mélange si universel, qu'elles effacent et ne retrouvent plus la couture qui les a jointes. Si on me presse de dire pourquoi je l'aimais, je sens que cela ne se peut exprimer qu'en répondant : "Parce que c'était lui, parce que c'était moi[65]." »

Au carrefour de soi et des autres, plus qu'une théorie, la créolisation est une expérience. C'est le choix de vivre la mutation de l'être en relation avec l'autre et les mouvements en soi, par ricochet. La relation transforme l'essai de façon continue. C'est ainsi que la créolisation considère que nous sommes des insulaires, où que nous soyons, avec le désir de dépassement de soi pour aller vers l'autre dans un ailleurs.

En somme, la créolisation est un droit d'asile pour ce qui nous vient d'une terre étrangère, d'un continent lointain, pour tout ce qui migre en créant l'inédit sur place.

C'est là que la relation pousse à penser le Tout-Monde, où tout s'impose pour être dépassé. En tant que mutation dans la relation, la créolisation engendre la rencontre de disciplines *a priori* antinomiques. Les domaines scientifiques, philosophiques, mystiques, psychanalytiques, technologiques, sportifs, artistiques, poétiques se croisent pour susciter de nouvelles inventions qui incitent inlassablement à nous réinventer.

Dans ce mouvement permanent, dans cette énergie qu'est la relation, seules nos signatures semblent dessiner ce que nous sommes dans l'instant, avec les indices de ce que nous serons.

Signature

Comment la signature, cette inscription qu'une personne fait de son nom, pour engager sa responsabilité, pourrait-elle réparer ?

Car elle peut être la trace d'un acte potentiellement regrettable – un contrat de mariage, par exemple –, être lourde à porter pour certains « fils de », « filles de » ou « femmes de » qui se battent toute leur vie pour se faire un prénom. D'autant que le patronyme est parfois sujet de moqueries ou peut révéler un déterminisme redoutable dans son signifiant, comme c'est le cas pour Dutroux. Certains se perdent aussi dans leur signature. En effet, les rappeurs ont cette manie de scander leur nom au milieu des chansons, faisant passer leur « blaze » avant leur écriture, leur *flow* ou leur charisme. Or, ces derniers dessinent tout autant ce qui fait l'artiste.

Nous n'avons pas qu'une seule signature. Parce que plurielle, elle capte bien plus de l'être en mouvement que la notion d'identité. En ne désignant qu'une seule parcelle de ce que nous sommes, l'identité nous scinde. Elle cache nos déchirures, au lieu de les mettre en lumière pour nous réparer.

Nous vivons pourtant une période d'obsession de l'identité, révélatrice d'une crise profonde. L'injonction à se définir, par des origines, un nom, une religion, une couleur de peau, un identifiant, un mot de passe, un numéro de matricule, une carte, un passeport biométrique, devient sclérosante. La bataille des identitaires (les bien nommés), qu'ils soient pour ou contre les contrôles de police abusifs, masque difficilement une volonté de diviser la société par la question de l'« identité » : faciès *versus* papiers. La notion même formate autant qu'elle déguise. L'identité dit tout et son contraire.

Selon sa définition, c'est à la fois le caractère de ce qui est identique et, dans le même temps, ce qui permet de déterminer une personne distincte.

Les communautarismes utilisent les deux aspects de la notion en effaçant l'individualité (nos signatures) au nom de l'identité. Ainsi, la lutte contre les discriminations des Afro-descendantes prône l'inverse de ce que les esclaves revendiquaient : le droit de ne pas être une masse, de s'affranchir du bétail, d'avoir un nom, de se libérer du collectif autant que du maître pour exister à part entière. Parce qu'au fond, comme le chantait Georges Brassens, « tout l'monde peut pas s'appeler Durand[66] ».

Pour les identitaires, fidèles aux pires périodes de l'histoire, toute singularité qui s'exprime en tant que telle est une trahison à l'unité du groupe. Ce dernier doit être homogène, jusque dans le comportement. Dans leurs collectifs, toute signature personnelle est gommée, notamment dans l'expression et le langage, pour n'utiliser que des mots « identiques » tel un élevage[67] de perroquets. Bienvenue aux identitaires anonymes[68] !

Comment exiger le décloisonnement des imaginaires (ce que les identitaires défendent ardemment) en restant dans le même temps dans des identités génériques, absentes de ce que nous sommes ?

Nous assistons, aujourd'hui, à une farandole d'injonctions paradoxales.

Les cases, comme celle de la diversité, sont une ablation réelle de nos êtres, qui formatent une identité type, une identité-dispositif. Il s'agit de couper une personne pour ne garder d'elle que ce qui peut être instrumentalisé : une couleur de peau, un nom ou un lieu de naissance dans un quartier prioritaire ; tout cela, en vue d'objectifs chiffrés, preuve de la mise en place d'une politique égalitaire.

Cette manière de procéder est choquante, lorsque les cases identitaires sont utilisées pour soutenir la culture.

« Qui a eu cette idée folle » de mettre des artistes dans des cases, alors que la valeur d'une œuvre vient précisément de la singularité et de la liberté de son créateur ?

L'artiste crée en se délivrant de tout. Il va chercher d'autres expressions en lui, hors de lui, pour les mettre au monde dans cet assemblage qu'est l'œuvre. Puis, il la signe. En uniformisant les artistes de la diversité dans cette « identité administrative », il semble assez utopique de permettre à de vraies signatures de voir le jour autant que de réparer les fractures culturelles. D'ailleurs, pendant que l'on construit ces dispositifs « inclusifs », les autres artistes, dits de droit commun, restent libres de jouir de leur diversité créatrice.

Roman Kacew s'est attelé à multiplier les définitions de lui-même par des pseudos. Il considérait ne pas avoir « une identité arithmétique, ni même une identité, tout court[69] ». Dans une soif de liberté, il s'est offert des signatures, c'est-à-dire des styles, des humeurs, des humours autant pour Gary que pour Ajar – décrochant par le biais de ses pseudos deux prix Goncourt… La signature est ici la marque, le « signe-nature » du personnage qui arrive en lui, son incarnation[70] en somme.

En donnant une dimension significative à nos singularités, seules nos signatures peuvent révéler nos reflets, nos reliefs, nos complexités, nos défauts, nos contradictions en cohérence, nos talents et nos morcellements, sans nier notre pluralité.

Le langage et les langues sont révélateurs de nos divisions. En hébreu, en arabe aussi, il existe le singulier, le duel et le pluriel ; ainsi, les mains, les pieds et les yeux se disent sur le mode duel, c'est-à-dire à deux, *yadaïm*, *raglaïm* et *eynaïm*. Or, le visage, qui comme le précise le traducteur Michel Zlotowski « a, après tout, deux faces », se dit au pluriel, *panim*, impliquant que nous n'avons pas un, mais plusieurs visages.

De la même manière, notre signature est multiple. L'être se dessine dans « l'indéfinissable singularité qui rend un port de tête aussi reconnaissable qu'une voix, un regard[71] ». Une démarche, un parfum, un geste, la manière de toucher, de dire bonjour, d'embrasser sont signatures. Le pluriel s'impose ici.

Nos signatures gardent en elles les traces de tout ce qui nous constitue. En reconnaissant l'infinité de l'être, elles ouvrent la possibilité de se réinventer toujours, comme on a « la vie devant soi[72] ».

Lorsque Catherine David achève la biographie de Simone Signoret, elle décrit avec délicatesse ce mur sur lequel régnait le portrait de l'actrice, en s'interrogeant sur ce qu'il en resterait au fil des années : « peut-être une trace de rouge à lèvres comme une signature[73] ».

La signature fait avec nos sens à un moment précis de l'existence. Pourtant reconnaissable entre mille, elle change au fil des jours. Fidèle et sincère, elle ne triche pas[74]. Plus qu'une photo d'identité, elle est la griffe de soi en mouvement.

Toujours à l'attention des autres, c'est une attestation sur l'honneur ou une dédicace qui laisse place à un futur encore envisageable entre nous. Si les signatures manuscrites apparaissent ici plus fortement que les autres, ce n'est pas seulement parce qu'elles certifient la valeur d'un tableau ou d'un roman. En tant que mention juridique, elles portent en elles la responsabilité à faire les êtres que nous sommes par cette main qui nous répare, parce qu'elle nous écrit autant qu'elle nous crée.

Lu et approuvé par moi, *hic et nunc*.

Intimité, silence, invisible, création, désir, créolisation, signature, la liste est si subjective… Les mots qui réparent sont complexes, ambigus. Grâce à leur part d'ombre, ils célèbrent l'altérité en soi. Cette dernière surgit au sein même de l'identité : « Je suis l'autre », écrivit le poète Gérard de Nerval.

Les mots qui réparent révèlent la variabilité de la figure de l'autre, de soi-même, de nos manières d'être et de la vie en réinstaurant un mouvement.

Ces mots déplacent, condition *sine qua non* de la rencontre, du dialogue, de l'humour, de la création ; offrant de vivre plus que notre vie, c'est-à-dire de faire corps avec celle des autres, ils permettent de « contrer la tentation mortifère de l'immuable[75] » et la fixation de l'identité.

Il est impossible de se réparer seul.

Le dialogue crée la rencontre et les inattendus potentiels, inhérents à toute réparation. « Et si je ne sais que parler, c'est pour vous que je parlerai[76] », écrivit Aimé Césaire.

Dans le contexte actuel, l'enjeu de la créolisation est essentiel pour la réparation. Elle implique l'irruption d'une identité plurielle, mutante, « racée ». L'Autre ne se laisse plus voir entièrement, ne se laisse pas regarder totalement, à la fois indomptable et fugitif. Il n'est plus un objet, mais une somme d'électrons libres. Nous devons avoir conscience de l'atout qu'est cette hybridation aujourd'hui, puisqu'il n'y a pas plus réparateur que d'avoir l'étranger en soi. C'est étranger à nous-mêmes, dans l'abandon de la relation, que nous pouvons ensemble encore rire de bon cœur.

L'héroïne d'un livre est autant soi que l'autre de tout le monde. Le lien se fait. La réparation opère. Nous nous retrouvons en elle, dans sa lumière comme dans son flou. Le danger serait de la définir totalement sous couvert de l'« identification ». On ne peut dessiner tous les contours d'un personnage, qui se doit de rester subjectif, secret et imprévisible pour précisément se faire attachant.

Or, aujourd'hui, le radicalisme de l'identité exige que deux clans s'opposent. Ceux qui nous seraient strictement identiques, « nos frères », et les autres, la cause de tous les drames.

Les tensions sont vives.

Dans les déchirures de nos sociétés, nous nous sentons à deux doigts d'un basculement majeur, parce que la parole haineuse est déjà le début d'une action violente. « Les mots sont des épées à la place de la bouche et dès que le rôle du langage est en jeu, le problème devient politique par définition », nous dit Hannah Arendt[77].

Les mots terrifiants des indigénistes démontrent qu'ils sont bloqués au stade de la colère, alimentée par un statut de victime dans lequel ils se confortent. Impossible pour eux de se plonger dans leur trauma pour entamer un travail de réparation qui ferait d'une mémoire souffrante une mémoire de la souffrance. Impossible de se détacher pour se libérer des chaînes et s'affranchir du passé. Pour la mouvance décoloniale, ce travail de réparation ne serait que la reconnaissance d'un devoir d'oubli.

Pourtant, affronter la perte de sa condition, accepter de détruire son image d'esclave ou de colonisé est la seule issue pour sortir de la douleur et de la couleur.

Le langage révèle notre choix de réparer ou pas. Plus que jamais, nous sommes responsables de nos mots qui, puisqu'en partage, influent la société tout entière (qu'ils séparent ou qu'ils réparent).

Pour Sigmund Freud, « si l'on cède d'abord sur les mots, [on cède] peu à peu sur les choses[78] ». Je veux croire aussi que si l'on *s'aide* sur les mots, on *s'aide* sur les choses, celles qui feront la réparation.

Dans la violence de l'uniformisation artistique et identitaire, dans ce contexte de dérèglement sémantique, il s'agit de ne pas rompre avec l'infinité des mots qui rend la pensée riche et libre de ses nuances.

Face aux éléments de langage et autres incapacités des États dans ce contexte de crise, nous avons une responsabilité personnelle à déployer ce travail de réparation. Cette exigence intime commence, non seulement par des gestes barrières, mais aussi par des mots ouverts.

Les mots qui réparent ne sont pas des mots à la mode, mais des mots qui font avec leur temps.

J'ai choisi ceux qui me parlent dans ma langue maternelle. C'est parce que la langue française demeure intranquille face à nos blessures et à notre mort qu'elle reste une langue vivante.

CONCLUSION

LE MOT DE LA FIN

Les mots sont « des sonorités avec lesquelles on emballe les choses. Morceaux de significations dont les lettres sont des notes. Bruits ayant pris un sens », nous dit Jean-François Kahn[1]. Vivants, « on les choisit, on les domestique... on les retourne ». Ils ne sont jamais neutres. Ils ont toujours leur mot à dire. Parfois perfides, comme le slogan d'une publicité mensongère, ils évoquent le contraire de ce qu'ils énoncent. Les mots permettent d'escamoter les choses. Parfois même ils ne désignent pas, ils tuent.

Mais si certains endorment, d'autres réveillent et réparent.

Nous avons encore le choix des mots.

Or, nous sommes tentés, par des raccourcis rapides, d'oublier les possibilités infinies qu'ils offrent.

Instinctivement, nous cherchons à masquer nos déchirures intérieures en nous rassemblant derrière des identités d'assignation et autant de mots qui nous divisent. En réalité, la complexité nous fait peur. C'est par crainte que l'on oppose artificiellement le bien et le mal. On pointe l'autre du doigt : celui qui n'a pas la même couleur de peau, celui qui n'est pas de chez nous. C'est oublier que le véritable héros n'est ni gentil ni méchant, mais juste unique.

Afro-yiddish, « [je] refuse de me donner mes boursouflures comme d'authentiques gloires[2] ».

Racée, j'ai la nécessité de rester fidèle aux tissages des communautés qui me composent autant qu'à leurs mouvements, qui se retrouvent dans celles des autres.

Avant l'intensification des replis identitaires, les choses étaient plus sympathiques. J'apportais d'autres réalités selon les milieux, un décalage, une porosité dans les différents groupes que je rencontrais. J'étais juive chez les Noires, noire chez les Juifs, juriste chez les artistes, artiste chez les politiques... Maintenant, je suis à chaque fois quelque chose « de service » : « la comédienne de service » chez les intellectuels ou « l'intello de service » chez les sportifs.

Être racée aujourd'hui et s'affirmer comme telle, « c'est [ne pas faire] partie de la solution mais peut-être plutôt du problème », comme le disait à l'époque NTM au sujet des banlieues[3].

Si la liberté de parole, le droit au dialogue, à l'expression, aux frottements sont impossibles parce qu'il a été décidé que nous ne devions aller nulle part en restant confinés dans le temps d'avant, je prends la tangente avec mes idées hybrides, certes, mais qui sont miennes.

Malgré les manœuvres des identitaires, la complicité du travail à la chaîne et l'uniformisation du monde, plus personne n'est identique. Par ailleurs, « l'absolue perfection, nous dit Romain Gary, ne peut venir que des contrastes qui se cherchent pour se compléter naturellement, c'est une des plus grandes lois du monde : la solution finale, le seul avenir possible[4] ».

Alors, au lieu de se déchirer pour être aimé ou d'aller nulle part pour être élu, il nous faut avoir la capacité de devenir « les fils de nos propres œuvres et non pas des fils de putes, c'est là, qu'on pourra avoir enfin une espèce humaine sans gènes originels », affirme encore Romain Gary (Émile Ajar) dans *Pseudo*. Pour lui, il n'y a pas de plus belle preuve d'amour que de s'éloigner de soi, pour se retrouver dans l'autre et comprendre de manière inattendue que cet amour est en appel illimité[5]. Il s'agit de vivre sans déni, en nous perdant pour embrasser l'inconnu qu'est l'autre et appréhender ainsi l'imprévisibilité de soi.

Dans ses identités et autres pseudos, Romain Gary (Émile Ajar) continue à chercher quelqu'un qui ne le comprendrait pas, et qu'il ne comprendrait pas non plus, « car j'ai, nous dit-il, un besoin effrayant de fraternité[6] ».

Si nous ressentons une telle nécessité d'amour, pourquoi avons-nous si peur à la fois des frottements et de l'engagement « pour le meilleur et pour le pire » qui en sont pourtant les fondements ?

Ce n'est pas parce que les voix sont dissonantes qu'elles ne se font pas entendre dans le même bateau. Les esclaves ou les déportés n'avaient certainement pas, malgré leur condition, ni les mêmes croyances, ni le même langage, ni enfin les mêmes regards sur le monde.

Heureusement que, malgré le dérèglement identitaire aux ronds-points sans issue, nous avons encore la volonté de trouver une direction. « Ce que tu perçois de la beauté du monde t'engage dans ton lieu. Ce que tu estimes de la beauté menacée du monde donne direction à ton geste et à ta voix », nous dit Glissant[7], offrant à nos responsabilités toutes leurs dimensions.

Les engagements multiples et la responsabilité qui va avec sont précieux dans le contexte actuel, où les réseaux sociaux imprègnent notre modernité.

Cette ère indique qu'il faut laisser la phénoménologie du champ opérer. Car les ondes ont leur parcours que notre ego ne maîtrisera jamais. Puisque les vibrations sont là, laissons les mots réparer hors de nos zones de confort.

La multiplicité des supports et des vecteurs peut insuffler un nouveau rapport aux mots, à notre langage.

Déployer notre responsabilité à différents endroits est la seule manière de les faire communiquer entre eux, pour qu'ils puissent, peut-être, s'entendre sur une destination.

Nous devons dialoguer pour bâtir des ponts faits d'interdisciplinarité, de pluralité, de créolité, pour enfin penser en archipels, bien plus qu'en chapelles.

Nous avons encore cette chance, grâce à tous les systèmes et tous les collectifs en présence, de pouvoir les remettre en cause pour continuer de réfléchir et d'agir.

Les barrages, les cailloux, les reliefs et les falaises vertigineuses sont autant de promesses que d'autres points de vue existent. Ils sont témoins de fractures géologiques, géopoétiques, intimes, sociales et culturelles que nous avons à escalader ou à recoudre.

À l'heure de l'homme augmenté, il serait assez intolérable de ne pas faire preuve d'un minimum d'humanité. Car, malgré nos solitudes et nos rages, il nous reste des ennemis communs.

Avec nos cœurs en mille morceaux et nos peurs infinies, dans la violence des pandémies, du dérèglement climatique comme sémantique, on aura beau tout essayer, notre espèce disparaîtra, plus vite que prévue, si nous n'avons plus les mots.

Nous avons un langage fait de nuances, capable de réparer nos déchirures, et encore un peu d'énergie.

En tout cas, je ne peux me résoudre à croire qu'il puisse exister entre nous un quelconque mot de la fin.

NOTES

Introduction. Au nom de tous nos mots

1. Émile Ajar (Romain Gary), *Pseudo*, Mercure de France, 1976.

2. C'est pourquoi, en référence à l'auteur, Nina Gary est le personnage principal de mon premier roman, *Les grandes et les petites choses* (Anne Carrière, 2016).

3. Émile Ajar, *Pseudo*, *op. cit.*

4. Bob Marley, « Redemption Song », album Uprising, 1980.

5. Émile Ajar, *Gros-Câlin*, Mercure de France, 1974.

6. Romain Gary, *Chien blanc*, Gallimard, 1970.

7. Émile Ajar, *Pseudo*, *op. cit.*

8. Nom que l'on donne aux réunions en non-mixité, considérées comme des espaces protégés.

9. L'esprit militant ne doit pas « nous entraîner vers la méfiance de tous les Blancs, car beaucoup de nos frères blancs, leur présence ici aujourd'hui en est la preuve, ont compris que leur destinée était liée à la nôtre. L'assaut que

nous avons monté ensemble pour emporter les remparts de l'injustice doit être mené par une armée biraciale. Nous ne pouvons marcher tout seuls au combat » (Martin Luther King, « *I have a dream* », Washington, 28 août 1963).

10. Émile Ajar, *Pseudo*, *op. cit.*

11. « Synagogue » en yiddish.

12. Écrivain guinéen.

13. Une question qui fait écho à la pensée de Camus. Voir, par exemple, Catherine Camus, *Albert Camus, solitaire et solidaire*, Michel Lafon, 2009.

14. Delphine Horvilleur, *Réflexions sur la question antisémite*, Grasset, 2019.

15. Association des féministes musulmanes qui revendique pour les femmes le droit de porter le voile sans être stigmatisées.

16. « Le harcèlement de rue, bien qu'étant le fait d'hommes de toutes catégories sociales et de toutes origines, est largement et abusivement associé à une population d'hommes de classe populaire et/ou racisés – or, ceux-ci sont déjà fortement criminalisés, surveillés et brutalisés par la police. Nous imaginons aisément que le déploiement de 10 000 agent.e.s supplémentaires ne se fera pas dans le 16e arrondissement de Paris, mais dans les quartiers populaires, pour ainsi renforcer la surveillance policière sur les populations qui y habitent. [...] Refusons que le féminisme soit instrumentalisé pour renforcer les dérives racistes et sécuritaires de l'État français » (« 8 raisons de s'opposer à la pénalisation du harcèlement de rue », article publié sur le site Lallab Magazine le 11 octobre 2017, lallab.org).

17. Albert Camus, *L'Homme révolté*, Gallimard, 1951.

18. Émile Ajar, *Gros-Câlin*, *op. cit.*

19. Romain Gary, *Chien blanc*, *op. cit.*

20. Émile Ajar, *Gros-Câlin*, *op. cit.*

21. Émile Ajar, *Pseudo*, *op. cit.*

22. *Toubab* désigne le Blanc en Afrique.

23. « Les membres d'équipage disputent le gouvernail au capitaine qu'ils jugent ne pas être assez bon navigateur et, ne connaissant eux-mêmes rien à l'art de la navigation, se rendent maîtres du vaisseau et le conduisent comme de pareils gens peuvent le conduire, c'est-à-dire au naufrage » (Platon, *La République*, VI).

24. Émile Ajar, *Gros-Câlin*, *op. cit.*

25. Monique Wittig, *Les Guérillères*, Les Éditions de Minuit, 1969.

Chapitre 1. Les mots qui séparent

1. Troisième chapitre de *La Crise de la culture*, Gallimard, 1972.

2. Albert Camus, Gallimard, 1942.

3. « Albert » est le prénom que mon père s'est choisi pour ses papiers français.

4. « Ce soir (ou jamais !) », émission du 2 juin 2007, présentée par Fréderic Taddeï sur France 3.

5. « Ce soir (ou jamais !) », émission du 18 décembre 2007.

6. Lire, par exemple, Guy Konopnicki, « Finkielkraut et les "souchiens" : employer le mot, c'est reconnaître la chose », *Marianne*, décembre 2017.

7. « Le [Parti des Indigènes de la République est l'] espace d'organisation autonome de tous ceux qui veulent s'engager dans le combat contre les inégalités raciales qui cantonnent les Noirs, les Arabes et les musulmans à un

statut analogue à celui des indigènes dans les anciennes colonies… » (site du PIR, indigenes-republique.fr).

8. La méthode est anticonstitutionnelle puisque la France est, selon le texte fondamental, « une et indivisible ».

9. Verlan de *Toubab*.

10. Toute cellule sanguine a besoin d'une cellule souche.

11. Jean-Paul Sartre, *L'Être et le Néant*, Gallimard, 1943.

12. Émile Ajar, *Gros-Câlin*, *op. cit.*

13. Georges Brassens, « Mourir pour des idées », album *Fernande*, 1972.

14. Colette Guillaumin, *L'Idéologie raciste, genèse et langage actuel*, Mouton, 1972.

15. Jean-François Kahn, *M la maudite. La lettre qui permet de tout dire*, Tallandier, 2018.

16. Émile Ajar *Gros-Câlin*, *op. cit.*

17. James Baldwin, *Chroniques d'un enfant du pays*, Gallimard, 2019.

18. Delphine Horvilleur, *Réflexions sur la question antisémite*, *op. cit.*

19. Romain Gary, *Chien blanc*, *op. cit.*

20. *The Color Purple*, film américain de Steven Spielberg, 1985.

21. Sur l'histoire de Claudette Colvin, voir Tania de Montaigne, *Noire : la vie méconnue de Claudette Colvin*, Grasset, 2015.

22. Cheveux au naturel, coiffure revendiquée aux États-Unis.

23. Romain Gary, *Chien blanc*, *op. cit.*

24. Avoir un seul ancêtre subsaharien suffit pour être considéré comme un Noir, donc Afro-descendant.

25. Argument massue.

26. Émile Ajar, *Pseudo*, *op. cit.*

27. Comme l'association des marques Twix et M&M's, ou Milka et Oreo, nous donne de nouveaux produits singuliers, donc séduisants, pour conquérir de nouvelles parts de marché.

28. Pourtant, lorsqu'ils ont plus de cent mille *followers*, certains leaders de l'intersectionnalité ne peuvent-ils être légitimement considérés comme des dominants ?

29. À ce titre, Romain Gary ironise : pour lui, les Noirs antisémites relève d'une forme de réussite dans la mise en œuvre de l'égalité. Ainsi, il trouve l'idée d'un Noir antisémite très séduisante. « Je suis heureux de constater, écrit-il, que les Noirs ont besoin des Juifs comme tout le monde » (*Chien blanc*).

30. Romain Gary, *Chien blanc*, *op. cit.*

31. *Où sont les Noirs ?*, documentaire réalisé par Rokhaya Diallo en 2019.

32. Voir, par exemple, Cour permanente de Justice internationale, « Arrêt sur les droits des minorités en Haute-Silésie » (1928), l'avis sur les « Traitements des nationaux polonais et des autres personnes d'origine ou de langue polonaise dans le territoire de Dantzig » (1932), « sur les écoles minoritaires en Albanie » (1935).

33. Notamment suite au sommet de Vienne de 1993 et à partir de la Convention-cadre sur la protection des minorités nationales de 1994.

34. D'ailleurs, les Noirs roux doivent certainement se trouver dans un dilemme. Pire encore pour les albinos, toujours massacrés dans de nombreux pays au titre de certaines croyances ancestrales.

35. Le Dr Alistair Moffat, directeur général de ScotlandsDNA, s'intéresse spécifiquement au cas des Écossais. Il faut dire que 13 % de cette population est

rouquine et que près d'un Écossais sur deux est porteur du gène de la rousseur. À l'échelle mondiale, 1 à 2 % de la population seulement est porteuse de ce fameux gène. La carnation émane du niveau d'ensoleillement de l'environnement d'habitation. Le peu de lumière en Écosse a engendré une peau très sensible au peu de soleil présent, afin d'assimiler ses bienfaits d'une manière optimale. C'est en tout cas ce que soutient le Dr Moffat. Par conséquent, « si le climat change et qu'il devient moins nuageux, cela affectera ce gène et les personnes le portant seront de moins en moins nombreuses », avance le généticien (« Les roux en voie d'extinction à cause du réchauffement climatique », *Le Point*, 10 juillet 2014).

36. Henrik Ibsen, *Un ennemi du peuple*, 1882.

37. Professeur de sociologie et membre de l'Institut universitaire de France, auteur notamment de *Déchéance de rationalité*, Grasset, 2019.

38. Au sujet des accents, voir l'ouvrage de Jean-Michel Apathie et Michel Feltin-Palas, *J'ai un accent, et alors ?*, Paris, Michel Lafon, 2020.

39. *Cézanne et moi*, film de Danièle Thompson, avec Guillaume Gallienne et Guillaume Canet, 2016.

40. « Il y a beaucoup d'acteurs noirs britanniques dans ces films. […] Je me demande ce qu'aurait donné [le film *Get Out* (Jordan Peele, 2017)] si un frère des États-Unis qui ressent vraiment cela avait joué dedans », interview à la radio américaine Hot 97, en 2017.

41. John Lennon, « Woman is the Nigger of the World », album *Some Time in New York City*, 1972.

42. Martin Luther King est né Michael King.

43. Azzedine Benabdellah, « Le Métis et le pouvoir blanc », article publié sur le site du PIR le 22 juin 2015 (http://indigenes-republique.fr/le-metis-et-le-pouvoir-blanc/).

44. Le parallèle est à faire avec la théorie nazie d'Hitler selon laquelle « la contamination provoquée par l'afflux de sang nègre sur le Rhin répond [...] au froid calcul du juif, qui y voit le moyen de commencer le métissage du continent européen en infectant la race blanche avec le sens d'une basse humanité ». *Mein Kampf.*

45. *Ibid.*

46. Romain Gary, *Chien blanc*, *op. cit.*

47. Azzedine Benabdellah, art. cit.

48. Ou Negmarrons, notamment de Guyane, premiers esclaves à s'affranchir et trouvant refuge dans la forêt amazonienne.

49. Le « droit à la guerre », en latin.

50. Grimage en noir qui est une forme théâtrale américaine. En 2017, une polémique survient après que le footballeur français Antoine Griezmann a partagé une photo de lui maquillé en Noir et portant une coupe afro pour rendre hommage à un joueur de basket-ball dans le cadre d'une soirée déguisée.

51. En 2013, Mango tente de commercialiser des bracelets et colliers dits d'esclave. La marque s'est attirée un *bad buzz*, les internautes des communautés afro appelant au retrait de cette collection et exigeant des excuses. Ou encore en 2020, une vidéo « raciste » de salariés du Slip Français fait un *bad buzz* pour la marque sur le net.

52. Mouvement lancé suite au crime policier de George Floyd aux États-Unis en 2020.

53. Notamment en 2019, lorsque Nikos Aliagas écorche le nom d'Aya Nakamura lors des NRJ Music Awards.

54. Interview de Hélène Cixous par Delphine Horvilleur et Stéphane Habib dans le magazine *Tenou'a*

de juin 2019 ; cf. la dernière phrase de *1938, nuits* d'Hélène Cixous, Galilée, 2019.

Chapitre 2. Les mots fourre-tout qui ne vont nulle part

1. À ce titre, fin 2020, un conseil scientifique, coprésidé par Leïla Slimani et Pascal Blanchard, dirigé par Ivan Gastaud et dont je fais partie, a été mis en place par la ministre déléguée à la Ville, Nadia Hai, pour créer un recueil de noms de 450 personnalités venant de l'immigration, de la diversité et des quartiers populaires, afin de le mettre à disposition des élus et collectivités pour qu'ils puissent donner ces noms à des rues, des places, des équipements… plus représentatif de l'histoire de France sur le territoire.

2. MHD, « Afro Trap, Part. 7 (La Puissance) », album *Afro Trap*, 2016.

3. À l'occasion de la panthéonisation de la magistrate et femme d'État française, Simone Veil, déportée à Auschwitz-Birkenau parce que juive, l'artiste C215 avait réalisé deux portraits d'elle sur les boîtes aux lettres de la mairie du 13ᵉ arrondissement, à Paris. Quelques mois plus tard, en février 2019, elles sont taguées de croix gammées.

4. « Comment se fait-il que, par une ironie de l'orthographe, l'expression elle-même ne sache jamais s'il lui faut – ou non – un trait d'union ? », Raphaël Enthoven, *Little Brother*, Gallimard, 2017.

5. Émile Ajar, *Gros-Câlin*, *op. cit.*

6. Jean-François Kahn, *M la maudite*, *op. cit.*

7. Aimé Césaire, *Cahier d'un retour au pays natal*, Pierre Bordas, 1947.

8. C'est ce qu'exprime Ibrahim Maalouf sur les réseaux sociaux en commentant le concert du Nouvel An diffusé

le 1er janvier 2021 sur France 2 : « Sublime orchestre de Vienne qui, chaque année, excelle autant musicalement qu'il se fait tristement remarquer par son manque de diversité ethnique. 2021 on veut plus de diversité ! »

9. Jean-François Kahn, *M la maudite, op. cit.*

10. Édouard Glissant, *Philosophie de la relation. Poésie en étendue*, Gallimard, 2009.

11. La première édition du festival afro-féministe Nyansapo, du 28 au 30 juillet 2019, à Paris, fut l'occasion d'une polémique au sujet de la programmation d'ateliers réservées aux femmes noires.

12. *Meskina* vient de l'arabe *meskine* ou *meskina* et signifie « le/la pauvre ».

13. Jacques Derrida, *Le Monolinguisme de l'autre ou la Prothèse d'origine*, Galilée, 1996.

14. Titre d'un livre de Rokhaya Diallo sorti en 2019 aux éditions Marabout.

15. Est-ce que le livre de Rokhaya Diallo peut m'être remboursé ?

16. Émile Ajar, *Pseudo, op. cit.*

17. Cf. Raphaël Enthoven, *Little Brother, op. cit.*

18. En tout liberté, je suis même allée jusqu'à proposer *Mélanine Laurent* pour le titre du livre à cause de l'autodérision que nous pourrions porter sur nous-mêmes et le cinéma français. Titre non retenu mais on a bien ri.

19. DiasporAct.

20. « L'idéologie façonne les mots, et les mots, à leur tour, modelés et remodelés, deviennent les cadenas de l'idéologie », Jean-François Kahn, *M la maudite, op. cit.*

21. « Peau noire, pansement blanc » est une figure imposée de la bataille. Une victimisation qui veut faire parler d'elle en faisant mine de ne pas vouloir être vue.

Cette pudeur étant symbolisée par une revendication pour le droit d'accès au pansement couleur chair (voir l'anecdote des collants couleur chair, mais marron, de Nina Gary dans *Les grandes et les petites choses, op. cit.*).

22. Nom du héros de films d'animation, qui signifie « peur » en yiddish.

23. Association pour l'égalité entre les femmes et les hommes dans le cinéma.

24. « Enthoven : "la *stand-up tragedy* d'Adèle Haenel sort le débat de la sphère de la raison" », propos recueillis par Laureline Dupont, *L'Express*, 4 mars 2020.

25. Émile Ajar, *Pseudo*, *op. cit.*

26. Aimé Césaire, *Cahier d'un retour au pays natal*, *op. cit.*

27. « Quand les hommes ne peuvent changer les choses, ils changent les mots », Jean Jaurès, discours prononcé lors du congrès socialiste international de septembre 1900 (Paris).

Chapitre 3. Les mots qui réparent

1. Jacques Derrida, *Le Monolinguisme de l'autre ou la Prothèse d'origine*, *op. cit.*

2. *Ibid.*

3. Au cours de l'atelier « Réparer ? », coorganisé avec Delphine Horvilleur et Sophie Nordmann en juillet 2019.

4. Lire Marceline Loridan-Ivens, Judith Perrignon, *L'Amour après*, Grasset, 2018.

5. Selon Antoine Strobel-Dahan, rédacteur en chef de *Tenou'a*, cette métaphore exprime le fait que celui qui se venge finit enterré juste à côté de celui vis-à-vis duquel il a exercé sa vengeance.

6. Aimé Césaire, *Cahier d'un retour au pays natal*, *op. cit.*

7. Leto, « Double Bang épisode 6 », album *Double Bang*, 2019.

8. L'État islamique crée une situation au Mali, au Niger, au Burkina Faso, au Nigéria et au Mozambique qui mériterait une attention particulière du mouvement décolonial.

9. Propos de Sophie Nordmann tenus au cours de l'atelier « Réparer ? » de juillet 2019 (voir *supra*).

10. Aimé Césaire, *Cahier d'un retour au pays natal*, *op. cit.*

11. Émile Ajar, *Pseudo*, *op. cit.*

12. Jacques Derrida, *Le Monolinguisme de l'autre ou la Prothèse*

d'origine, *op. cit.*

13. Romain Gary, *Chien blanc*, *op. cit.*

14. Ganood, « PCV », 2019.

15. Lire Muriel Flis-Trèves et René Frydman (dir.), *Intimités en danger ? Colloque Gypsy XVIII*, PUF, 2019.

16. Victor Hugo, « Demain dès l'aube », *Les Contemplations*, 1856.

17. Expression utilisée notamment par saint Augustin.

18. Propos de Stéphane Habib tenus au cours de l'atelier « Réparer ? » de juillet 2019 (voir *supra*).

19. Personnage de *Camping Paradis*, série française diffusée sur TF1.

20. Catherine David, *La Beauté du geste*, Actes Sud, 2006.

21. Paul Éluard, « Les représentants tout-puissants du désir », *L'Amour la poésie*, Gallimard, 1929.

22. Catherine David, *La Beauté du geste*, *op. cit.*

23. C'est avec ce sentiment-là, de la rupture du silence, que j'ai écrit « Sans entendre aucun bruit », dans *Noire n'est pas mon métier.*

24. Catherine David, *La Beauté du geste, op. cit.*

25. Référence au titre du roman de Patrick Chamoiseau, *La Matière de l'absence*, Le Seuil, 2016.

26. Akhenaton, « Lettre aux hirondelles », album *Métèque et mat*, 1995.

27. Albert Camus, *Le Premier Homme*, Gallimard, 1994.

28. Georges Perec, *La Disparition*, Gallimard, 1969.

29. Un mouvement de décolonisation des représentations s'est renforcé depuis 2017.

30. Ses notes de travail furent regroupées dans *Le Visible et l'Invisible*, Gallimard, 1988.

31. Elie Wiesel, *Les Portes de la forêt*, Le Seuil, 1964.

32. Des hommes, certes.

33. Percy Bysshe Shelley, *Défense de la poésie*, 1821.

34. « Ce que Saint-Pol-Roux a voulu dire, soyez certain qu'il l'a dit », André Breton, *Introduction au discours sur le peu de réalité*, Gallimard, 1927.

35. Patrick Modiano, *Rue des boutiques obscures*, Gallimard, 1978.

36. Anny Dayan Rosenman, « Quête du père, écriture et identité chez quelques écrivains juifs », cours 2017-2018, Institut universitaire Elie Wiesel.

37. Patrick Modiano, *Dora Bruder*, Gallimard, 1997.

38. Pierre Michon, *Vies minuscules*, Gallimard, 1984.

39. Catherine David, *La Beauté du geste, op. cit.*

40. Oxmo Puccino, « Black Cyrano de Bergerac », album *Opéra Puccino*, 1998.

41. Pour Freud, la *Weltanschauung* est une construction intellectuelle qui résout, de façon homogène, tous les problèmes de notre existence à partir d'une hypothèse qui commande tout, une image du monde cohérente et sans lacune.

42. Catherine David, *La Beauté du geste*, *op. cit.*

43. Série télévisée française créée par Vianney Lebasque et Joris Morio, diffusée depuis 2016.

44. Stéphane Habib, voir *supra.*

45. PNL, « Uranus », album *Dans la légende*, 2016.

46. Meryl, « Inanimée », album *Jour avant caviar*, 2020.

47. Association créée par la réalisatrice Houda Benyamina, que j'ai eu la chance de diriger ; elle compte, en 2020, 630 jeunes.

48. La Place, centre culturel hip-hop, qui se trouve au centre de Paris et dont je suis la codirectrice aujourd'hui, est le fruit de cette consécration d'un désir qui a su déplacer des montagnes.

49. Akhenaton, « Mes soleils et mes lunes », album *Black Album*, 2002.

50. Delphine Horvilleur, *Réflexions sur la question antisémite*, *op. cit.*

51. Lire Marceline Loridan-Ivens, Judith Perrignon, *L'Amour après*, *op. cit.*

52. « Kiffe ta race », titre des podcasts de Rokhaya Diallo. On n'a pas trouvé mieux comme cocktail illustrant à la fois le racisme (quelle race ?), l'anachronisme, l'injonction dominatrice et la dichotomie entre désir et victimisation. Personnellement, je « kiffe » qui je veux.

53. Toni Morrison, *Love*, Christian Bourgois, 2004.

54. Édouard Glissant, *Philosophie de la relation. Poésie en étendue*, *op. cit.*

55. Roland Barthes, *Fragments d'un discours amoureux*, Le Seuil, 1977.

56. Albert Camus, *L'Homme révolté*, *op. cit.*

57. Pour le prix Carbet, prix littéraire fondé par l'Institut du Tout-Monde.

58. Prix Goncourt en 1992 pour son roman *Texaco*, il est le fils spirituel de Glissant.

59. Édouard Glissant, *Philosophie de la relation. Poésie en étendue*, *op. cit.*

60. *Ibid.*

61. Aimé Césaire, *Cahier d'un retour au pays natal*, *op. cit.*

62. James Baldwin, *Chroniques d'un enfant du pays*, *op. cit.*

63. Édouard Glissant, *Philosophie de la relation. Poésie en étendue*, *op. cit.*

64. Il n'y a pas chez Édouard Glissant de notion de « citoyen du monde », les frontières sont un privilège car elles créent le désir de les franchir.

65. Michel de Montaigne, « De l'amitié », *Essais* (1580-1588).

66. Georges Brassens, « Corne d'aurochs », album *La Mauvaise Réputation*, 1952.

67. Qui n'élève pas du tout.

68. Le fait de s'exprimer sous pseudo sur Twitter est ainsi significatif.

69. Émile Ajar, *Gros-Câlin*, *op. cit.*

70. « Après avoir signé plusieurs centaines de fois, si bien que la moquette de ma piaule était recouverte de feuilles blanches avec mon pseudo qui rampait partout, je

fus pris d'une peur atroce : la signature devenait de plus en plus ferme, de plus en plus pareille, identique… Il était là. Quelqu'un, une identité, un piège à vie, une présence d'absence, une infinité, une difformité, une mutilation, qui prenait possession, qui devenait moi. Émile Ajar. Je m'étais incarné », Émile Ajar, *Pseudo*, *op. cit.*

71. Catherine David, *La Beauté du geste*, *op. cit.*

72. Roman signé Émile Ajar, pour lequel il a eu un prix Goncourt en 1975 mais dont le titre initial était « la tendresse des pierres ». Cf. le chapitre sur la créolisation.

73. Catherine David, *Simone Signoret ou la Mémoire partagée*, Robert Laffont, 1990.

74. Selon la définition du Robert, la signature est « l'inscription qu'une personne fait de son nom pour affirmer l'exactitude, la sincérité d'un écrit ou en assumer la responsabilité ».

75. Conférence internationale sur le dialogue des cultures et des religions, Fès (Maroc), 10-12 septembre 2018, adresse d'une lettre en tant qu'artiste invitée.

76. Aimée Césaire, *Cahier d'un retour au pays natal*, *op. cit.*

77. Hannah Arendt, *Condition de l'homme moderne*, Calmann-Lévy, coll. « Liberté de l'esprit », 1961.

78. Sigmund Freud, « Psychologie des foules et analyse du moi », *Essais de psychanalyse*, Payot, 1995.

Conclusion. Le mot de la fin

1. Jean-François Kahn, *M la maudite*, *op. cit.*

2. Aimé Césaire, *Cahier d'un retour au pays natal*, *op. cit.*

3. NTM, « Nique le CSA », album *On est encore là*, 2009.

4. Romain Gary, *Chien blanc*, *op. cit.*

5. « Monsieur Burak, je vous ai déjà dit que l'exercice consiste à vous éloigner de vous-même de cinq mètres et à vous situer dans l'autre », Émile Ajar, *Gros-câlin*, *op. cit.*

6. Émile Ajar, *Pseudo*, *op. cit.*

7. Édouard Glissant, *Philosophie de la relation. Poésie en étendue*, *op. cit.*

REMERCIEMENTS

À toutes celles et ceux qui un jour ont voulu me faire rentrer dans leurs cases trop petites, c'était intéressant...

Merci à Muriel Beyer, à Séverine Courtaud et à César Perpignaà pour leur confiance et leurs regards attentifs.

À Raphaël Enthoven et à Marylin Maeso pour leurs précieux conseils.

Merci à Georges Haberberg pour son écoute flottante qui permet de ne pas couler.

Merci à mes camarades de La Place, hip-hop don't stop.

Grazie à Daniela Maccio, à Frederico Bonazzi pour leur soutien si précieux depuis l'Italie.

À Sylvie Lentschner pour sa complicité de reine.

Merci à mes familles de cœur, Francine et Didier Jacob, Lior Silberstein, Michel Zlotowski, Nadège Puljak, Stéphanie, Claudine et Lucien Carreras.

À Issiaka Touré, mon voisin noir, à Stéphane Leborgne, mon voisin roux.

À Cynthia Allouche aka Ana Diallo.

À l'Empereur Euros 1er, Nils Thornander, et à Jessica Scale.

Merci à mes parents Annick Herc-Khan et Albert Khan.

À ma marraine, Marie-Hélène Gilbert.

À mon frère David et à ma sœur Anna.

À mes enfants, Haïlé Bellony pour sa sagesse et Dorah Khan pour ses intuitions.

À Romain Gary et Édouard Glissant, dont « la dernière mission fut d'épargner le mot dans la surdité foisonnante ».

À Manu Dibango, parce que les notes les plus belles du monde sont celles qu'il a su jouer.

À tous les miens et à tous les racés.

TABLE

Composition et mise en pages
Nord Compo à Villeneuve-d'Ascq

Imprimé en France par
CPI Bussière
en février 2022
N° d'impression : 2062734